KEITAI
SHOUSETSU
BUNKO
野いちご SINCE 2009

白球と最後の夏
~クローバーの約束~

rila。

JN167603

◎ STARTS
スターツ出版株式会社

それは高校3年の最後の夏。
幼なじみのわたしたちは、
同じ夢を見てたよね。

―打てよー、打てよー、打て打てよー！
お前が打たなきゃ誰が打つー！―

応援団の太鼓とメガホンが
打ち鳴らされる中、わたしは必死に願った。
稜ちゃん、打って！
この試合に勝ったら……。
約束したよね？
ね、稜ちゃん。

contents.

プロローグ　6

淡・四月

いつもの　12

野球少年　17

四つ葉の　25

36.8　32

練習試合　47

やきもち　60

焦・5月

なりたい　66

これから　74

雨・6月

イライラ　86

稜ちゃん　101

ふたりの　114

2度目の　135

流れ星と　144

咲・7月

たなばた	150
予選開始	158
翔南校戦	172
7．25	184
Birthday	207
夢の続き	229
こくはく	235

夢・8月

それから	266
甲子園へ	275
エピローグ	283

あとがき	290
文庫あとがき	292

プロローグ

　幼なじみは、特別なんかじゃない。

　稜ちゃんこと長谷部稜と、わたし——花森百合子の場合は、どれだけ一緒にいても、どんなに仲が良くても、知らないことばかりが、どんどん増えていく。
　そんな間柄になっていった。

　中学に上がって、それまで地元の少年野球チームに入っていた稜ちゃんが野球部に入部してからは、とくに部活漬けの毎日で。
　すれちがうことが多くなったわたしたちの距離は、いつの間にか、少しずつ離れていったように思う。
　小学校まで共通だった友だちが変わったり。
　そのことで話題を見つけにくくなったり。
　うれしいことも悲しいことも一番に報告し合っていたのが、お互いにちがう子になっていたり。
　はっきりした原因があったわけでも、ましてケンカをして疎遠になってしまったわけでもなかったけれど、そういう日々の些細な変化が積み重なって。
　お互いに"いま見ているものは同じじゃないんだ"って気づいていった気がする。

「なあなあ稜、稜って好きなヤツいる？」
「……なに、急に。あーでも、いたらおかしい？」
　だから、こんな会話を聞いてしまったときなんか、なんとも言えない気持ちになる。
　——そっか、稜ちゃんには好きな子がいるんだ……。
　幼なじみといっても異性のわたしに、そういう話はしないとわかっていても、友だちとの会話から初めて好きな子がいることを知るという、この切なさ。
　チクンと痛む胸は、稜ちゃんを好きだからなのか、時間の経過とともに変わってしまった、わたしたちの関係に対するさびしさなのか。
　前はなんでも『百合ちゃん、あのね！』って、一番にわたしに言ってくれてたのにな……。
　爽やかな人柄と端正(たんせい)な顔立ちを持つ稜ちゃんは、中学に入ってからは女子の人気も高くて。
　わたしたちの関係を知った、中学からの友だちには、『あの長谷部くんと幼なじみなんて、うらやましい！』なんて言われたりもしたけど。
　その"幼なじみ"という関係が、いつしかわたしにとって大きな壁になっていった。
　その壁がなくなることなんて、もちろんなくて。

「……あのさ、野球部の友だちに、いつまでも百合ちゃんって呼ぶのは変だって言われて。正直俺も、呼ぶの恥ずかしくなってたんだ。……だから、これからは花森って呼ぼう

と思ってるんだけど、いい?」

 中1の終わり。

 春休みで野球部の活動が休みだったある日。

 久しぶりにお向かいの家の稜ちゃんの部屋の窓が開いたと思ったら、唐突にそんなことを言われた。

 このとき初めて、稜ちゃんのほうから明確に壁を作られた気がして。
「……うん、呼びやすい呼び方でいいんじゃないかな」

 やっとのことでそれだけ言うと、きっといまにも泣きそうだろう顔を見られないように、急いで窓もカーテンも閉め、そのまましばらく泣いた。

 いきなりのことでショックだったのもあるけど、呼び方が変わることで、少しずつ遠のいていた距離がもっと開いてしまうんじゃないかって。

 そのうち"幼なじみ"ですらなくなって、ただの"向かいの家に住む同級生"になってしまうんじゃないかって。

 そう思ったら、どうしようもなく怖くなって、涙が止まらなかった。

 あとで冷静になって考えてみたら、友だちに言われただけじゃなく、好きな子がいるからわたしを名字で呼ぶことにしたんだという、もっともな理由に気がついて。

 そうだよね、前に『いたらおかしい?』って言っていたもんね……。

 それならわたしを名字で呼ぶのも当たり前だという結論にいたるまでに、そう時間はかからなかった。

それはつまり、稜ちゃんの好きな子はわたしではない、ということも意味していたから、今度はちがう意味でさんざん泣くことになったけれど、でも。
　稜ちゃんが幼いころ、目をキラキラさせながら語っていた甲子園への夢を応援したい気持ちだけは、中学２年、３年と学年が上がっても、唯一わたしの中でブレることなくまっすぐに成長し続けていたから。
　高校入学を機に、野球部のマネージャーという形で稜ちゃんのそばにいることを決めた。
　それが、自分の想いを隠す直接のきっかけになったんだと、高校３年生になったいま、改めて思う。

　好きな子がいるのに自分の想いを伝える勇気なんて、そのときのわたしにはなかったし、いまもない。
　幼なじみの稜ちゃんが突然"好きな男の子"に変わった、あの夏の日の、あの瞬間の、あの感覚――そのときの空の色も、風や草の匂いも、まるで昨日のことのように思い出せるけど。
　いまもどうしようもなく好きな気持ちは、少しも変わらないどころか、ますます大きくなっていくばかりだけど。
　どんな形であれ、稜ちゃんの夢を応援できるなら。
　きれいごとかもしれないけど、それがわたしの幸せで、たったひとつ、稜ちゃんの近くにいられる術なんじゃないかと思う。

『僕の夢は甲子園で優勝することだ！』
　5歳のころ、わたしの家の向かいに引っ越してきた稜ちゃんが、わたしたち家族に開口一番言った、この言葉。
　その言葉が、17歳になったいまも、あのときのまま、わたしの中で絶え間なく響いている——。

淡・四月

いつもの

「行くぞー！　ファイッ！」
「オー！」

稜ちゃんが先頭に立って、グラウンドのまわりをランニングしている。いつもの放課後の、部活の時間。

マネージャーのわたしの仕事は、ランニングの間に練習の準備を終え、必要なときにすぐに動けるようにベンチで待機が基本。

バッティングマシンやボール出しにボール磨き、スパイクやユニホームの洗濯。

大会が近づけば千羽鶴を折ったり、お守りを作ったりと、部活の間中、動き回ることも多いマネの仕事は、けっしてお飾り的な存在ではないんだけど。

そんなわずかな隙間時間を縫ってでも、稜ちゃんたちのランニング姿を眺めることを密かな日課にしているなんて、自分でもなかなか問題だと思う。

でも、ベンチに座って稜ちゃんたちを見ていると、すごく温かい気持ちになるから、どうしてもやめられなくて。

自分に都合のいい言いわけを並べては、今日も密かな日課を、こっそりかみしめる。

稜ちゃんは、みんなに平等で自分に厳しい。

口じゃなくて態度でみんなを引っ張る、そんな人。

だから、去年の夏の甲子園、地区予選後に新チームの

キャプテンに指名された稜ちゃんを、みんなが支えないわけはなくて。
　いまも、チラリとうしろを見ては、まだ入部して間もない１年生たちを気遣うように、"がんばれ、ちゃんとついて来い"と、ひときわ大きく声を出す。
　そんな稜ちゃんの行動に、彼のすぐうしろを走る３年生のメンバーが笑顔になるのは、いつもの光景で、いつものこと。
　最高のチームワーク。
　最高の仲間。
　最高の時間。
　このメンバーで甲子園の土を踏めたら、どんなに最高な気分だろう……。
　わたしも甲子園を目指す仲間のひとりとして、マネージャー３年目の今年もこの場所にいられることがなによりうれしくて。
　いつの間にか、頬が自然と持ち上がっていた。
　でもそれも、ほんの少しの間だけ。
　いつも輪の中心にいる稜ちゃんと比べて、中身は地味で平凡な自分との格差に、どうしても口角が下がってしまう。
　"花"に"百合"で華やかなのは、名前だけ。
　これといって取り柄もなく、成績も中の中。
　学級委員長を務めるようなリーダーシップも積極性も持ち合わせていないし、そもそも稜ちゃんのような人望もない。

おまけに、けっこうなネガティブ思考。

そんなわたしが野球部のマネージャーってだけでも、気の強い女の子たちには、たまに白い目で見られる。

それは、幼なじみだということを隠す理由に、十分なりえた。

日なたと日陰。

まるで正反対なわたしたちが実は幼なじみだった——それをまわりに知られることで、もしも稜ちゃんが嫌な思いをすることがあったら……。

臆病で弱虫なわたしは、それを一番恐れている。
「はぁ……」

そんなことを考えはじめると、いつもため息が出てしまう。

持ち前のネガティブ思考にますます拍車がかかり、背中もそれに比例して丸まってしまって。

片想い7年目。中1のときの"好きな子がいるからもう名前では呼べない"という決定的な出来事を経ても、いまだに想い続けているせいか、どうにも考えが否定的になってしまって。

直したい、変わりたいとは常々思っているけれど、そのきっかけすら見つけられずに、高校最後の春を迎えた。
「いい天気だなぁ……」

ぽつりと独り言をこぼす。

グラウンドを囲むようにして植えられた桜の木。

そこからこぼれた花びらが、春風に乗ってひらりと一枚、わたしのもとに飛んできた。

それを手に取り、息を吹きかけて空へと帰せば、ちょうどランニングを終えたらしい稜ちゃんの、「じゃあ、5分休憩。水分補給、しっかりやれよ！」という声が聞こえる。
「マネージャー、水！」
「はい、いま持っていきます！」
　わたしは水の入ったヤカンを手に、慌ててグラウンドへ駆け出した。
　うちの野球部は、ヤカンから直接水を飲む、なんていうワイルドな方法で水分補給をする。
　ガブガブ水を飲む部員たちの頭に、肩に、桜の花びらが蝶のようにとまっていく。
　4月の午後の陽気に誘われるように空を仰げば、やわらかい色の青空の中を、ふわふわした白い雲がのんびり泳いでいた。
　いまは花ざかりの桜が、青々とした枝葉を空いっぱいに伸ばすだろう3ヶ月後。
　高校野球一色で染まる夏がやってくる。
　わたしたちの、最後の夏だ。
「5分経ったし、休憩終わり。じゃあ次は、ふたり一組でキャッチボール！　ボール出せー！」
「ウス！」
　稜ちゃんのどこまでもまっすぐ澄んだ声と、部員たちの声を背中に聞きながら、わたしも空っぽのヤカンを持って、いったんベンチに戻る。
　キャッチボールということは、次の仕事はボール出しだ。

ボールが入ったカゴをせっせと運びながらチラリと稜ちゃんの様子をうかがうと、率先してカゴを持つその瞳と、少しだけ目があった気がした。
　でも、すぐに逸らされてしまう、それ。
　それでもわたしは、野球に自分の青春すべてを捧げる姿を一秒でも長く目に焼きつけておきたくて。
　稜ちゃんのうしろ姿から目が離せないでいた。

　そういえば、こんなふうに稜ちゃんから目が離せなくなったこと、前にもあったな。
　そう、あれは、この初恋のはじまり……。

野球少年

　いまから7年前。小学5年生のころ。
　それまで"幼なじみ"でしかなかった稜ちゃんが、わたしの中で初めて"男の子"として鮮やかな色を帯びた。
　忘れもしない、7月25日。
　わたしの11歳の誕生日。
　稜ちゃんの家族が引っ越してまもなく、長谷部家と花森家は家族ぐるみのつき合いをするようになった。
　お向かいさんで、子ども同士も同い年。そんな偶然から、親同士は親近感が沸いたんじゃないかと思う。
　さらには、稜ちゃんの"甲子園"発言により両親とも野球が大好きなことがわかり、わたしたちが仲よくなるより先に親同士が意気投合するという、ちょっとおかしな展開になったりもした。
　そんな仲よしのご近所さんだから、少年野球チームに入った稜ちゃんの応援に行かないわけはない。
　夏休みに入ったばかりの日曜日。
　家から歩いて10分ほどのところに、草野球や少年野球、ソフトボールなんかができる広さの多目的公園があり、稜ちゃんの両親と一緒に、わたしたち家族もそこに向かった。
　午前10時プレーボールの練習試合。
　真夏の太陽の熱に溶かされてしまいそうな、本当にジリジリと暑い日だった。

その試合でとくに覚えているのが、稜ちゃんが初回の攻撃で打った特大のソロホームランと、最終回。

　1番バッターの稜ちゃんは、最初に打席に入るためか、すごい気合いの入りようで。

　バッターボックスの向かって左側で構えた稜ちゃんが自信満々に打ったボールは、外野選手の頭上をはるか高く越え、大きな放物線を描いて空に吸い込まれていった。

　詳しい野球のルールは知らなくても、ホームランがすごいことくらいはわかっていたから、胸が踊ったのをよく覚えている。

　けれど、最終回は苦い思い出として記憶に刻まれている。

　遠くから見ているわたしにもはっきりわかるくらい、稜ちゃんにメラメラとライバル意識を燃やす相手ピッチャー。

　対して稜ちゃんは、真剣にボールを見極めようとする中にも自信満々な表情をのぞかせて、余裕すらあるように見えた。

　何球か白熱した攻防が続いて、4球目。

　――カキーーーンッ！

　ピッチャーの剛速球を見事にバットの芯でとらえた稜ちゃんは、打ったボールの軌道を目で追いながら一塁に向かって走りはじめる。

　この試合を見ている誰もが、稜ちゃんが打ったボールの行方を追っていて。

　またホームランかという味方側の歓声と、あわやホームランかという相手側の悲鳴が重なる中、稜ちゃんが打った

ボールは外野の奥に向かってひたすらに放物線を描き続けていた。
　なんとかボールの軌道に追いついた相手チームの外野選手が、眩しそうにグローブの下からボールの位置を確認する。
　どうか取らないで！　思わずそう念じた瞬間……。
　──ポトッ。
　ボールはグローブを嫌がるように地面に逃げて。
「走れ！　走れ！」
「早く！　早く！」
　どっと歓声が上がる中、すでに一塁を回っていた稜ちゃんは、すごい速さで二塁を蹴り、三塁も蹴り……。
　落ちたボールをつなぐ相手チームも、ランニングホームランを阻止するため、隙のない連携プレーでホームを踏ませまいと死守する。
　砂ぼこりを巻き上げながら稜ちゃんがホームベースに頭から突っ込み、必死にベースに手を伸ばす。
　その姿がなんだか切なくて、わたしは反射的に目をつぶってしまったけれど。
「アウトー！」
　その声とともに目を開けると、
「くそっ！」
　離れた位置にいたわたしにさえ、稜ちゃんがそう叫んだのが耳に届いて、どれだけ悔しい思いをしているんだろうと想像するまでもなく、胸が軋むように痛かった。
　そうして、均衡を保ったまま練習試合は終わりを迎えた

のだけど、両チームに拍手が送られる中、稜ちゃんだけは悔しそうに唇をかみしめていて。

　引き分けたはずなのに、どうして負けたときみたいな顔をしてるの……？

　わたしには稜ちゃんがなんのために勝ちにこだわっていたのかわからなかったから、ひとりうつむいて両手をギュッと握る姿がふしぎでたまらなかった。

　けれど、その気持ちをいつまでも引きずることはなく、試合のあとは、家に帰ってさっそくパーティーの準備に取りかかった。

　稜ちゃんの試合のほかに、今日はわたしの誕生日でもある。

　夜には稜ちゃんたちも呼んで、6人でわたしの誕生日パーティーをする予定だった。

　でも……。

　お昼を過ぎても夕方になっても、稜ちゃんは帰らなくて。

　稜ちゃんがどんな気持ちで今日の試合を戦っていたか、どうして負けたときみたいな顔をしていたか……。

　ひとつ大人になったくせに鈍感だったわたしは、お母さんと稜ちゃんのお母さんが話す声を聞くまで、家に帰っていないことさえ知らなかった。

　パーティーが始まる1時間くらい前、テーブルの飾りつけをしていると稜ちゃんのお母さんが訪ねてきて、心配そうに言う。

「稜ったら、まだ帰らないのよ」
「どうしたのかしら。わたしも探してみる？」

「ううん。もう少し待ってみようと思うんだけど、なんだか心配でね。友だちと遊んでいるだけならいいんだけど」
「そうよね……」
　その会話を聞いて、直感的に思った。
　わたしが行かなきゃ。
　稜ちゃんのこと、わたしが探さなきゃ……！
　試合後のあの感じを思い出すと、わたしには友だちと遊んでいるようにはどうしても思えなくて。
「わたし、稜ちゃん探してくる！　心当たりがあるの！」
　そう叫んで家を飛び出した。
　目指すのは、昼間に試合があった多目的公園。
　きっとそこにいる、絶対そこだ、って思って。
　外は陽が落ちはじめた夕方でも蒸し暑さが残っていて、真夏の太陽の熱を吸い込んだアスファルトの熱気が足元からこみ上げる。
　吹く風も生暖かく、走ってからまもなくして、わたしの額にはじんわりと汗がにじんだ。
　それでもわたしは走るスピードを落とさなかった。
　ただただ稜ちゃんが心配で。早く顔が見たくて。
　はあはあと息を切らしながら、やっとのことで公園に着くと、大きくてまっ赤な夕日が目の前に広がっていた。
　その中にぽつんと小さな人影。
　グラウンドの奥の草むらに、ユニホーム姿のままの稜ちゃんがしゃがんでいた。
「……稜ちゃん？」

近づいてうしろから声をかけると、稜ちゃんは驚いたように肩を震わせる。でも、振り返ることはなく、ただじっとそこにしゃがんで地面を見つめているだけ。
「もうすぐパーティーだよ。帰ろ？」
　今度はそう言ってみたけれど、やっぱり無言で。
　それからしばらく考えてみたものの、どうしても言葉が見つからなかったわたしは、稜ちゃんの隣に腰を下ろして顔をのぞき込んだ。
「……ごめん。俺、試合勝てなかった。誕生日だし、かっこいいとこ見せたかったんだけど」
　稜ちゃんはすごく悔しそうに声を絞りだす。
「そんなのいいのに……」
「引き分けじゃ意味ないし」
「……そっか」
　それきり、わたしはなにも言葉が出てこなかった。
　唇をかみしめる稜ちゃんの横顔に痛いくらいに胸が締めつけられて、かけたい言葉はたくさんあったはずなのに、ひとつとして音になったものはなかった。
「いっぱい練習してさ、次の試合で勝てばいいよ」
　わたしがそう言えたのは、ずいぶんあとだった。
　それでも稜ちゃんは、力なく首を横に振る。
「甲子園……行きたいんだ、絶対。行くには練習試合で引き分けるようじゃ、まだまだなんだ。クソ、もっと強くなりてぇ……」
　最後のほうは、少し声が震えていて。

その瞬間、わたしの心になにかが芽生えた気がした。
　なんともいえないふしぎな感覚で、胸がトクンと鳴って。
　稜ちゃんにドキドキするなんてこと、いままでなかったのに、あれ？って。自分で自分の感情に戸惑った。
「じ、じゃあさ……一緒におまじない、かけてみない？」
　初めての感覚になんだか心が落ち着かなくて、それを隠すように言ってみる。少し子どもっぽいとは思ったけれど、それしか頭に浮かばなかった。
「は？　嫌だよ、そんなガキっぽいの」
「いいの！　稜ちゃんだって知ってるでしょう？　四つ葉のクローバーに願いごとをするとね……」
　案の定、稜ちゃんはあまり乗り気にはならなくて、渋々といった感じだったけれど、それでも最後は……。
「あったよ、稜ちゃん！」
「うん、俺も」
　わたしにつき合って四つ葉のクローバーを見つけてくれて。
「じゃあ、交換ね」
「おう」
　急いでお互いのクローバーを交換した。
　夢中で探していたせいで、そのころにはオレンジがかっていた空もだんだんと暗くなりはじめ、ふと辺りを見渡すと、もうじき日が暮れそうだった。
　そんな中でも、稜ちゃんの泥だらけのユニホームがやけに眩しく見えたのは、やっぱりわたしの気のせいなのかな。

まっ黒に日焼けした肌と、泥だらけのユニホーム。
　笑ったときに見せる白い歯と、特徴(とくちょう)のあるかわいい八重歯。
　目の前にいるそんな稜ちゃんが、わたしの初恋の始まりだった。

　ねぇ、稜ちゃん。
　わたしがあげたクローバー、いまでも持っていてくれてる？
　わたしは、稜ちゃんからもらったクローバー、いまも生徒手帳に挟(はさ)んで持ち歩いているよ。
　稜ちゃんが甲子園に行くまで勝ち続けられますように、甲子園でも負けませんようにと、毎日祈っているんだ。

四つ葉の

「……ジャー」
「おい、マネージャー」
　誰かに肩を揺すられ、重いまぶたを持ち上げる。
　なかなか焦点が定まらない目で相手を視界に入れると、
「調子悪いんだったら、無理して部活に出てこなくてよかったのに。気が散って練習になんないし」
　ムスリとした顔の稜ちゃんが、わたしを見下ろしていた。
「ごめん、調子悪いとかじゃ、全然ないんだけど……」
「うそつけ。白い顔してるくせに」
「……」
　とっさに取り繕うも、稜ちゃんに一刀両断されて口をつぐむ。
　たしかに今日はちょっと体がだるかったし、ぼーっとすることもあったけど、そこまで調子は悪くなかったはずだ。
　白い顔かどうかは確認のしようがないものの、単にここのところの寝不足のせいなんじゃないかと思う。
「今日は早めに練習切り上げたから、送ってく」
「へ？」
「フラフラ歩かれたんじゃ、俺が帰りづらい。どうせ家も向かいなんだし、自転車のほうが早いから」
　けれど、ただの寝不足だからと言うが早いか、相変わらずムスリとした顔でそう言った稜ちゃんは、

「着替えたら校門で待ってるから、きて」
　そう言い残し、踵を返して去っていった。
　練習着姿の稜ちゃんの背中が、徐々に遠くなる。
　……そうか。
　バッティング練習でボールカゴを運んだあと、今日は使わないボールを磨こうと思ってベンチに戻って作業していたら、なんだか頭がぼーっとして、まぶたが重くなって。
　どうやらそのまま、眠ってしまったらしい。
　自分のまわりを見ると、磨いていたはずのボールもカゴもとっくに片付けられていて、ベンチにはわたしひとり。
　まだ活動している部活もある中、野球部に割り当てられたグラウンドには、もう部員たちの姿はなかった。
　今日は顧問兼監督の笹本先生は出張でいないため、キャプテンである稜ちゃんが部活を取り仕切っていたけど。
　稜ちゃんが言ったとおり、わたしのせいで気が散って練習を早く切り上げざるを得なかったんなら……。
　だから、あんなに怒って……。
「……っ」
　やってしまったことはもう取り消せないけど、せめて謝らなきゃ。
　急いで更衣室に向かい、ジャージから制服に着替えると、稜ちゃんに言われた校門まで駆けていった。
　わたしの足音に気づき、学ランに身を包んだ稜ちゃんが肩越しに振り返る。
「あの、練習の邪魔して本当にごめんなさい。これからが

大事な時期だっていうのに、ほんと、わたし……」
「いや、たまには早く部活終ってもバチは当たんないでしょ。監督がいないときのキャプテン特権だし」
「でも……」
「気が散ってたのは俺だけだから。……それより、うしろ。早く乗って。俺だって早く帰りたい」
　急かすように言い、自転車のうしろをポンポンと叩く稜ちゃんに、それでも足が動かない。
　いままで一緒に帰ることもなかったし、ましてや自転車で送ってもらうなんて初めてのことで。
　うれしい気持ちよりも、どうしたらいいかわからない戸惑いの気持ちのほうがいまは大きい。
　中学のときの〝好きな子〟をまだ思い続けているなら、こんなの、きっと不本意だと思うし……。
「俺が頑固なの、マネージャーなら嫌っていうほど知ってるはずだけど。送るって言ったら、送るから」
　けれど、そう言われては仕方がない。
　稜ちゃんは昔からすごく頑固だ。
　甲子園の夢を昔以上に熱く持ち続けているように、一度こうと決めたら絶対に曲げない。
「……じゃあ、お言葉に甘えて」
「ちゃんとつかまっておけよ」
「うん」
　そうして、荷台にまたがり、学ランの裾を少しだけ握ったわたしを乗せて、自転車はゆっくりと発進していった。

シャコ、シャコと自転車のペダルが規則正しく回る音、車輪が回る音が耳に届く。
　途中、何度か「落としそうで怖いから腰に腕を回して」と言われたけれど、稜ちゃんの想い人への罪悪感と、それでもどうしようもなくドキドキしてしまう胸の鼓動がバレてしまいそうで、「大丈夫」と虚勢を張った。
　ただの幼なじみ。
　ただのマネージャー。
　稜ちゃんに好きな子がいると知って、胸の奥にしまい込んだこの想い。
　わたしが想いを打ち明けることで幼なじみの関係が壊れてしまうくらいなら、たったひとつ……稜ちゃんの夢を応援する方法で近くにいる道を選んだのはわたしなのに。
「……ごめんなさい」
　小さくつぶやき、学ランの裾を握る手の力を少しだけ強める。
　いまだけ。少しだけ。
　稜ちゃんをわたしにください……。
「あれ、なんか言った？」
「ううん、なにも」
　なにを言ったのかまではわからなかったけど、どうやら声は聞こえたらしい。
　少しだけ振り向いた稜ちゃんに、わたしは慌てて首を振った。
　稜ちゃんは知らなくていい。

知られたら、わたしが稜ちゃんの近くにいられなくなる。
　だけど、必死に想いを押し込めようとしている、こんなときに限って、稜ちゃんは優しい。
「そういえば最近、朝早くに出かけてるみたいだけど、それで調子崩したんじゃないの？　おおかた四つ葉のクローバーを探してるんじゃないかと思うんだけど。体力ねぇくせにがんばりすぎるのとか、見ててちょっとツラい」
　そう言った稜ちゃんの声は、あきれを含んだ心配そうな声で。
「え、待って、どうして知ってるの？　だって、いつも部屋のカーテン閉まって……」
「朝は普通に開けるだろ。つーか、いつも閉まってんの、そっちじゃん」
「え、そ、そうかな？」
「絶対そう。……まー、とにかく、体調が戻るまではおとなしく寝とけば？　明日はすっげー雨らしいし」
「あ、そうなんだ、ありがとう」
「……うん」
　わたしが最近、朝早くから四つ葉のクローバーを探しに行っているせいで体調を崩しかけていることを、ぶっきらぼうに心配された。
　でも、言いわけだけど、甲子園を目指せるのは今年で最後だし、わたしもなにかみんなの役に立てそうなことがしたくて。
　甲子園の地区予選に向けて作るお守り。

そこに、げん担ぎの意味を込めて、幸運をもたらしてくれるという四つ葉のクローバーを入れて、部員みんなに配りたいと思った。
　わたしにできることはこれくらいしかないから、いまからじゃないと間に合わないと思ってのことだったけれど、それにしても。
　いくら家がお向かいで、お互いの部屋も向かい同士だといっても、まさか稜ちゃんがわたしのことを気にかけてくれていたなんて思ってもみなかった……。
　昔はよく窓を開けて他愛ない話をしていたけど、いまはカーテンが閉じられている、稜ちゃんの部屋。
　名字で呼びたいと言われて失恋してからは、距離を取らなきゃ心が押しつぶされそうで、だんだんカーテンを開けられなくなっていた、わたし。
　お向かいの家だからこそ、こうしてつながっていられたことがうれしくて……だけどそのぶん、切なかった。

　それからはとくに会話らしい会話もなく、ほどなくして、稜ちゃんはわたしの家の前で自転車を止めた。
「ありがとう、送ってもらっちゃってごめんね」
「いいよ、これくらい。じゃあ」
「うん」
　向かいの家へ帰っていく稜ちゃんに背を向け、家の中へ入る。
　昔は何度、この道路を渡ってお互いの家を行き来しただ

ろう。
　いつからか一緒にしなくなった誕生日パーティー。
　クラスの子にからかわれて、一緒に登校しなくなった通学路。
　稜ちゃんに『花森』と呼ばれるようになってからは、まわりの子が呼んでいるように、わたしも『長谷部くん』って呼んでみたり。
「おやすみ、稜ちゃん……」
　昔の呼び方で呼ぶのは、本人に聞こえる心配がないときだけ。
　いつの間にか、向かい合うより背中を向けることのほうが普通になったわたしたちは、この距離のまま、大人になっていくんだろうか。
　それでも、どんなに苦しくても近くにいることを選んだのはわたしだから。
「……えいっ」
　2階の自分の部屋に上がるなり、シャッと勢いをつけて、それを開けた。
　うん、せめてカーテンくらい開けられるようにならないと。
　すると、同じように開けられていた向かいの部屋で、すでに部屋着に着替え終わっていた稜ちゃんとパチリと目が合った。
　この距離に慣れるまでは、きっと意識しないと開けられないだろうけど、目が合った稜ちゃんが笑ってくれたから、わたしも笑い返した。

36.8

翌朝。
 今日は稜ちゃん情報によると"すっげー雨"らしいので、いつもよりも遅い目覚まし時計のアラーム音とともにベッドから起き上がる。
「けほっ、けほ……へくちょ。う〜……」
 よく寝た感じはあるものの、喉の痛みとぼーっとする頭に体のダルさ、それに加えて寒気も感じて、どうやら本格的に風邪をひいてしまったことが判明した。
「しょうがない子ね、まったく。ほら、ご飯食べながら熱計りなさい。37℃越えてたら学校休んでいいけど、自分でちゃんと連絡するのよ」
「うん」
 台所で朝食の準備をしているお母さんにわけを話し、体温計を脇に挟む。
 食卓にはすでに朝ご飯のメニューが並び、お父さんが食べ始めている。なにか食べなきゃと箸を持つものの、ちっとも食欲が沸かず、ちょこちょこと卵焼きをつまむだけになってしまった。
 それでも幸いなことに、36.8℃の微熱。
「お母さん、学校行ってくる」
「はい、お弁当。風邪薬も入れたから、お昼にちゃんと飲むのよ」

「うん、ありがと。行ってきます」
「いってらっしゃい」
　そうしてわたしは、朝食もそこそこに傘立てから傘を抜き取り、玄関のドアを開けたのだけど。
　……あれ、晴れてる？
「え、でも、稜ちゃん昨日、すっげー雨って……」
　なぜか晴れている空を見上げて、しばし首をかしげる。
　けれどすぐに、わたしを早起きさせないための稜ちゃんの優しいうそだったと気づいて、胸が甘く締めつけられた。
　こういう優しさとか、ほんと反則……。
　稜ちゃんはただ、わたしがこれ以上無理をしないように言ってくれただけなんだろうけど。
「……こういうのは好きな子にしないと意味ないよ」
　苦笑いをこぼしながら手に持っていた傘を戻し、改めて家を出る。
　これが、好意で向けられた優しさではないことを知っている。だから、うれしい反面、余計に切なくなるなんて、きっと稜ちゃんは知らないんだろうな……。

「おっはよ～！　今日も天気いいね、百合！」
　校門をくぐりかかると、元気のいい声と一緒に背中を軽く押されて振り返った。
　そこには一番の親友、小堀梢ちゃんの姿があって。
「おはよー、ココちゃん。今日も元気だね」
「百合はけっこうつらそうだけど、風邪？　学校にきて大

丈夫なの？」

　わたしの第一声を聞くなり眉根を寄せて尋ねられた。

　喉が痛くて声を出しにくいのもあるけど、わたしの場合、風邪をひくと声が枯れてしまう。

　このガラガラ声にピンと来たらしい。

　彼女のあだ名は"ココ"。

　1年生のときから同じクラスのわたしたちは、お互いを"百合"、"ココちゃん"と呼び合う。

　控えめなわたしと快活なココちゃん。対極と言っても過言じゃないくらい性格がちがうけど、ふしぎなことに、妙に気が合うんだ。

　入学初日から意気投合し、いまにいたっている。
「うん、ここ最近の寝不足がたたってね。でも、薬も持ってきたから大丈夫」
「そう？　ならいいんだけど」
「うん、ありがと」

　ガラガラ声じゃ説得力に欠けるかもしれないけど。

　学校は──というか、部活はどうしても休みたくない。

　教室に向かう間もココちゃんはケホケホと咳き込むわたしを心配そうに見ていたけど、そのたびに「大丈夫」と繰り返していたら、どうやらあきれられたようで。
「こういうとこだけは変に頑固だからなぁ……。どうせ部活に出るのが一番の目的なんだろうけど、もっと具合悪くなったら学校にも来られないんだから、今日はできるだけ静かにしてなよ？」

困ったように笑って言われてしまった。
　さすがココちゃん、すべてお見通しなようで……。
「ははは」とごまかし笑いを浮かべているうちに教室に着いた。
　わたしは一番うしろの窓際の席、その前がココちゃんという、自分たちの席についた。

　放課後。
　残念ながら、薬を飲んでも体調はひどくなる一方で。
「ココちゃん……部活行ってくるね。また明日ね」
「ちょ、百合、ほんとに大丈夫？　もっとひどくなるよ？」
「大丈夫、ありがとう」
「……じゃあ、あたしも部活に行くけど、くれぐれも無理しちゃダメだからね」
「うん、バイバイ」
　どうしても部活は休みたくないわたしは、心配そうなココちゃんをよそに部活に向かった。
　ジャージに着替え、カゴいっぱいに入った泥だらけの野球ボールを運びながらグラウンドへ向かう。
　今日は、昨日寝てしまった分もボールを磨こう。
　毎日の練習ですぐに泥だらけになるボールを丹精込めて磨くのも、マネージャーの立派な仕事だ。
「あれ？　先輩、風邪ですか？」
　すると、うしろから声をかけられた。
　咳もしていたから、なんとなく気づいたんだと思う。

振り返ると２年の大森(おおもり)くんが心配顔で駆け寄ってきて、隣を歩きはじめる。

　人懐っこい性格の大森くんは、子犬みたいなかわいい笑顔と剛速球が自慢の、青雲(せいうん)高校野球部のエースピッチャーだ。キャッチャーの稜ちゃんとは去年の新人戦からバッテリーを組んでいる仲で、最近はシンカーという曲がりながら落ちる球種を猛練習している。

「大丈夫ですか？　部活、休んだほうがいいんじゃないですか？」

「んー、でも微熱だし、全然平気」

「そうですか……？」

「うん」

「じゃあ俺、先に行ってますね」

　もうすでに練習用のユニホームに着替えていた大森くんは、左手にはめたグローブを高く上げて駆けだしていく。

　彼にうんと笑顔を返すと、わたしもグラウンドに急いだ。

　その直後……。

「カゴが歩いてるんだけど！」

　ひとりになったわたしを目ざとく見つけて、おまけに失礼なことを言ってくる人が現れた。

　岡田大樹(おかだたいき)くん。同学年の３年生。

　ニヤリと笑い、頼んでもいないのに勝ち誇(ほこ)るようにわたしのカゴを奪い取る。

　岡田くんは、去年の夏、試合中に負ったひじのケガが原因で選手からマネージャーに転向した。それでもって、マネー

ジャーになったとたんに皮肉っぽい性格が開花しちゃって。
　いまではこのとおり、立派な皮肉王子に成長してしまった。
　昨日の部活は、王子お得意のおサボりタイムだったらしい。
　気まぐれで顔を出す、真面目なんだか不真面目なんだか、いまだによくわからない性格の持ち主で、そのせいか、わたしは岡田くんに微妙に警戒心を抱いている。
　これでもケガをするまでは稜ちゃんとバッテリーを組んでいたんだから、人って変わるものなんだなと、つくづく思う。
　すごく一生懸命だったから、マネージャー転向後のギャップにいまも対応しきれていないというか……。
「大森も案外バカだよな〜。カゴくらい持ってやればいいのに。そしたら花森の気も引けるっつーのに。なぁ？」
　最後の部分を思いっきり強調する岡田くんを、思いっきりシラけた目で見つめ返す。
　それでも岡田くんには効果はないようで。
「はあぁぁ〜、季節はすっかり春だよなぁ。あ、ついでに花森の頭ん中も？」
「……」
「今日も稜にラブですか！　いいよなぁ、ちびっ子ちゃんは。悩みがなくて！」
　ガハハと大口を開けて笑う岡田くんに、わたしは毎回ムスッとさせられる。
　不本意ながら、これが岡田くんとわたしのいつものパターンだ。

だけど、岡田くんの"投げたいのに投げられない"苦しさを知っているから、わたしは本気でなんて怒らない。
　少しは腹も立つけど、でも、本気じゃない。
　稜ちゃんだって、ほかの部員だってそう。
　そういう苦しいところがわかるから……。
　だって岡田くんは、7年前のあの練習試合で対戦した相手チームのピッチャーだ。
　皮肉なもので、野球推薦で入ったこの高校で、稜ちゃんと岡田くんは再会した。どこにも故障がない稜ちゃんや大森くんに皮肉を言うのも、わたしにちょっかいを出すのも、全部岡田くんのつらい気持ちの裏返し。
　そんな岡田くんにわたしたちができること。
　お節介かもしれないけど……。
「そっちこそ野球にラブなくせにサボらないでよね」
「うっさいわ！　大事な用があったんだよ。ちびっ子ちゃんにはわかんねぇかもしんないけど」
「悪かったわね、ちびっ子で！」
　こういうふうに会話することで、岡田くんと部員たちの間、わたしとの間も、お互いに気持ちいい関係として成り立たせることができる。
　"かわいそうに""残念だったね"って、腫れ物に触るような態度で接されること……。それは、岡田くん自身が望んでいないはずだから。
　わたしは、稜ちゃんが野球をしているから、稜ちゃんが野球推薦で呼ばれた高校だから、ここを選んだだけ。

岡田くんは純粋に野球がしたくて青雲に入ったんだ。
　なぐさめることはいくらでもできるけど、それよりも、自分を偽ってキャラを作る岡田くんに対して、わたしたちは変わらずにいることが、きっと大事なことだと思う。
「球磨きはいいから、今日はベンチでぼーっとしとけ！」
　そう言った彼は、重いカゴを軽々と肩にかけてスタスタと先を急ぐ。
「あっ、も〜っ!!　ボール落としてるってば！」
　岡田くんが歩くたびにボタボタ落ちていくボールを拾いながら、わたしもそのあとに続いた。
　それからほどなくして、練習が始まった。
　球磨きをする岡田くんの傍ら、わたしは言われたとおりにぼーっとしながら、ランニング中の稜ちゃんを眺める。
「せめてユニホームになれればな……」
「は？　稜の？　バッカじゃねぇの？」
「そんな。身も蓋もない……」
「だって幼なじみなんだろ？　稜と花森って。べつに意識して距離を置くこともないと思うんだけど」
「まあ、そうなんだろうけどさ。でも、幼なじみだからって距離がないわけじゃないよ。……いいの、わたしは。甲子園の夢を追いかける稜ちゃんを、近くで応援できれば」
　岡田くんとする会話は大抵こんなもの。
　稜ちゃんとわたしが幼なじみだと知っているのは、学校でココちゃんと岡田くんだけ。好きな子がいる稜ちゃんをいまでも想い続けていることも、このふたりだけが知って

いる。

　ココちゃんは大親友だし、なんでも話している。でも、岡田くんはどうして知っているんだろう……。

　それもあって、微妙に警戒心を抱いているけれど、それだけまわりをよく見ているということなんだろう。

「じゃあみんな、少しこっちに集合してくれ」

　ランニングが終わるころ、顧問兼監督の笹本先生がわたしたちに集合をかけた。

　たったいま出張から戻ってきたらしい先生は、いつもの練習用のユニホームではなくスーツ姿だ。

　部員が集まると笹本先生は言う。

「みんな集合したな。では、いまから日曜日の北高校との練習試合のメンバーを発表する」

　あ、そうだ、そういえば3日後にはライバル校との練習試合が組まれていたんだった。

　忘れていたわけではなかったけれど、もうそんな時期なんだなぁと思うと、マネージャー魂にも改めて熱が入る。

「ピッチャー、大森」

「はいっ！」

「キャッチャー、長谷部」

「はいっ！」

　笹本先生が次々とメンバーの名前を発表していく中、たったいま名前を呼ばれたばかりの稜ちゃんを盗み見る。

　去年の秋期大会のとき、どうしても調子が上がらなかった稜ちゃんは、1回だけ正捕手を外れたことがあった。

そのときの悔しそうな顔がいまでも頭から離れなくて、贔屓してはいけないと思いつつも、稜ちゃんを見つめる目にも、ついつい熱が入ってしまう。
「……っと、以上でメンバーは終わりだ。1年生、ここのグラウンドでの試合だから、きっちり整備すること。それからマネージャー。夏の地区予選のデータ集めも兼ねてるから、そこら辺、ぬかりなくな」
　メンバー発表を終え、そう締めくくった先生は、
「はいっ」
「はーい」
　モチベーションの差はあったものの、揃って返事をした岡田くんとわたしを見て、練習再開を告げた。
　それからの練習は、みんな気合いが入りまくりで。
　稜ちゃんは大森くんとバッテリーを組んで投球練習に余念がなかったし、ほかのポジションのメンバーたちも、バッティングに守備にとボールを追いかける。
　岡田くんとわたしは、そんな風景を眺めながら、せっせと球磨きにいそしんだ。
　選手としてはもう投げられないけど、岡田くんのその顔は、稜ちゃんと同じ野球少年の顔で。
「は、は……ハクチョ！　う〜」
　ときどきくしゃみをするわたしにだって誰も気づかないくらい、目の前の試合しか見えていなかった。

　いよいよ明日は練習試合だという日の夜になっても、わ

たしの風邪は治るどころかひどくなる一方だった。
　きちんと薬を飲んでも、十分に睡眠を取っても、日に日に症状が悪化して。
　今日はとうとう、部活から帰るなり倒れこむようにベッドに潜り、起き上がれないほどの体調の悪さに完全に参ってしまっていた。
　頭が朦朧《もうろう》とする中、こんなことになるなら一日くらい学校を休めばよかったと、いまさらながら後悔する。
　明日は今年最初の練習試合。それなのに、このままじゃ夏の地区予選に向けてのデータ収集もできやしない。
　マネージャーの仕事が唯一、稜ちゃんの近くにいられる時間なのに、それすらできないんじゃ、わたしは一体、なんのためにここにいるんだろう……。
「ああ、もう……泣くな、わたし」
　ネガティブな方向に考えはじめたら止まらなくて、目にじんわりと涙が浮かぶ。
　もともとけっこうなネガティブ思考だけど、体が弱っているときは、なおさら落ちやすい。
　どうにかして体調を回復させたい気持ちはあるものの、さっきお母さんが置いていってくれたお粥《かゆ》にもさっぱり手をつけられなくて、申しわけない気持ちしかない。
「百合子、どう？」
　そんなとき、ドアの向こうからお母さんの声がして、わたしは慌てて涙を拭き取った。
　17歳にもなって風邪で泣いているなんて、いくらお母さ

んにでも見せられない。
「あら、食べてないじゃないの」
「ごめん、いまは食べられそうになくて」
　部屋に入り、手つかずのお粥を目にしたお母さんに心底悪いと思いながら、ベッドの中から謝る。
　風邪がよくならないわたしのために、毎日消化にいいメニューを作ってくれていたから、食べられないのが本当に申しわけない。
「いいのよ。食べられそうなときに食べてくれたらいいんだから」
「うん、ありがとう」
「でも、それなら……どこかしら」
　すると、いままで優しく微笑みかけてくれたお母さんは、表情を曇らせ、困った様子で部屋の中を見回しはじめた。
　なにか探しているようだけど、一体なんだろう。
「どうしたの？」
「稜くんに頼まれたものがあるのよ。野球のデータブックなんだけど、顧問の先生のだけじゃなくて、百合子のも見たいんだって。ちょうどいま来たところでね。だから渡さないと……」
「え、下にいるの!?」
「そうなのよ」
　驚くわたしをよそに、お母さんは相づちを打ちながら、目についたバッグの中をゴソゴソと探しはじめる。
　まあ、起き上がれないくらいつらいいまの状態なら、プ

ライバシーなんてあってないようなものだと思うんだけど。
「データブックなら、それじゃない別のバッグの中……あぁ、ちがうよ。そっちじゃなくて」
「どれ？　これ？」
「ちがうちがう、それじゃなくて……いや、うん。わたしが持っていくから大丈夫」
　……お母さん、探すのけっこうヘタだったんだね。
　「百合子の整理の仕方、お母さんとちがうから……」なんて言いながら、お母さんは苦笑いしている。
　これ以上稜ちゃんを待たせるわけにもいかないから、データブックが入ったバッグに手を伸ばし、中から目当てのそれを引っ張り出した。
　それを胸に抱いて、急いで部屋を出る。
　ついさっきまで起き上がることすらつらかったのに、稜ちゃんが待っていると思うと体が自然と動くなんて、わたしはどれだけ稜ちゃんを原動力にしているんだろうか。
　身をもって体感して、そんな自分にあきれてしまった。
　乱れた髪を手ぐしでとかしながら玄関先まで行くと、そこにはジャージ姿の稜ちゃんが立っていた。
　部活でヘトヘトになるまで練習したのに、ひとりでランニングでもしていたんだろうか。
　玄関で長いこと待たされていたはずなのに、その額にはまだ汗がうっすらと浮かんでいて。
　どこまでも野球にまっすぐなんだなぁと改めて思い知らされた。

そんな稜ちゃんにいまわたしができることは、コツコツと書き溜めてきたこのデータブックを渡すことくらいで。
「はい、これ。お待たせしました」
「悪いな、具合悪いのに」
「ううん。お役に立てるといいんだけど」
　どうか役に立ってほしいと、それだけを思う。
　受け取ったデータブックをひととおりパラパラとめくって中身を確認した稜ちゃんは、最後に「明日は熱下げて出て来いよ。データ取るの岡田だけじゃ不安だし」と、本当に不安そうな顔をしたまま帰っていって。
　岡田くんには悪いけど、稜ちゃんの不安そうな言葉に大いにうなずいてしまったわたしは、なにがなんでも練習試合に行かなくてはと、熱を下げるのに必死になった。
　温め直してもらったお粥を残さず食べたおかげか、食後に飲んだ風邪薬の効き目も良好なようで、これなら明日に期待できそうだとうれしく思う、午後9時。
　早めに寝ようと思って布団に入ろうとしたものの、稜ちゃんの様子が気になり、ここ数日は閉めっぱなしにしていたカーテンを開けてみる。
　見ると、稜ちゃんの部屋のカーテンも、さっきまでのわたしの部屋のように閉まっていて。
　緑色のカーテンから、部屋の明かりがぼんやりともれていた。
　稜ちゃんはきっと、ああやって遅くまでデータブックを広げながら相手チームの対策を練るんだろう。

「がんばってね、稜ちゃん。応援することしかできないけど、今年最初の練習試合、勝って自信つけようね」
　そうつぶやいて、ゆっくりとカーテンを閉める。
　カーテンは閉めきられていたけれど、いまはふしぎとさびしくない。
　7年前の夏、稜ちゃんと交換した四つ葉のクローバーに今日も願いをかけ、そっと部屋の明かりを落とした。

練習試合

　翌日。
　澄み渡った空のもと、グラウンドには青雲高校と北高校のナインたちが緊張した面持ちで整列していた。
　すっかり元気を取り戻したわたしは、昨日、稜ちゃんに念を押されたように、岡田くんだけじゃ不安なデータ収集をするべく、いまからペンとノートの準備に余念がない。
「よろしくお願いしますっ！」
　両チームのメンバーが一斉に頭を下げ、いよいよ試合開始だ。
　先攻の北高校は、一塁側に集まり、全員で円陣を組んで「オオーッ！」と雄叫びを上げる。
　キャッチャーボックスに立った稜ちゃんが、守備のためにグラウンドに散ったみんなに「しまっていくぞぉー！」と大きな声を張り上げた。
「よし、１回の表だな。まずは肩慣らしか？　大森のヤツは」
「もう、なんでそんな言い方するかな」
　相変わらず皮肉を言う岡田くんに的確につっこむ。
　岡田くんもこの練習試合を楽しみにしていたはずなのに、そう言ってしまうのは、やっぱり……〝投げられない〟からなんだろうか。
　そうこうしていると、北高の１番バッターが打席に入った。

稜ちゃんは、バッターの立ち位置や構え、癖なんかを、下から上に向かってじっくりと観察する。
　それを終えると、最後に笹本先生をチラリとうかがい、一度コクリとうなずいてから大森くんにボールを投げた。
　拳でキャッチャーミットをたたき、胸の前で構える。
　それが稜ちゃんからの"いつでもこい！"の合図だ。
　投げる球種は決まっている。
　まっすぐのストレート。
　大森くんが一番得意な球種で調子を上げさせたいんだよね。
　稜ちゃんはよくわかっているんだ、みんなのこと。
「見ろよ、花森。あのバッター、初球からストレート狙いだぜ」
「……えっ？」
　岡田くんにそう言われて相手バッターの様子に目を瞠り、次いで大きく振りかぶった大森くんを視界にとらえる。
「稜と大森、向こうの策略にハマってんじゃねぇの？」
「うそ……」
「そんな不安そうな顔すんなよ。大丈夫だって。狙ってても打てる構えじゃねぇし」
　岡田くんはそう言うけど、わたしは、ひとつストライクが入るまで気が気じゃなくて。
　試合のたびに生唾をゴクリと飲み込む、このなんとも言えない不快感は、何度味わっても慣れることはない。
　そのとき、風を切る音が聞こえるんじゃないかという勢

いで、バッターが豪快に空振りした。
「な？　俺、これでも見る目はたしかなんだぜ？」
　ホッと胸を撫で下ろすわたしの隣で、岡田くんが自慢気に鼻を鳴らす。
「うん、すごいや」
「だろ？　心配いらねぇって。稜は負けない」
「そうだよね！　今年こそ念願の甲子園だもんね！」
「いや、そういうことじゃ……」
「やっぱりいいチームだよね、うちの高校って！」
「……花森はバカだな、相変わらず」
　ひとつストライクが入ったことですっかり安堵したわたしは、かみあわない会話も気にならない。
　あきれたようにため息をつく姿を横目に入ったけれど、わたしは応援とスコアブックへの記録に精を出した。
　今日の大森くんの立ち上がりは絶好調で、１回の表が終わってみれば、三振３つの好発進だった。
　守備に散っていた青雲メンバーがベンチに戻り、息つく暇もなく裏の攻撃に移る。
　１番バッターは稜ちゃんだ。
　昔からの、稜ちゃんの定位置。
　素振りをしながらバッターボックスへ向かう稜ちゃんの背中に、打てますようにと一生懸命念じる。
　わたしのデータブックじゃ力になるかはわからないけど、毎日の努力が実を結ぶことを願わずにはいられない。
「なんか声かければいいじゃん」

「バ、バカっ！」

 あきらかに冷やかしを含んだ声で岡田くんが耳打ちしてくるものだから、つい声が荒くなる。

 だからわたし、この前も言ったじゃん。

 "甲子園の夢を追いかける姿を近くで応援できれば、それでいい"って。

 それだけが稜ちゃんの近くにいられる方法なのに、岡田くんはわたしになにをさせたいんだろうか。

 盛大に吐き出しそうになったため息を飲み下しながら、思えばこの不毛な片想いがバレてしまったのは彼がマネージャーに転向してまもなくのころだったな、と思い出す。

 岡田くんの『見る目はたしか』は野球に限ったことではないらしい。

 こうしてからかわれ続けるのも仕方ないと、腹をくくるしかなかったというか、諦めざるを得なかったというか……。

 とにもかくにも、岡田くんの"たしかな目"と皮肉王子っぷりは、今日も安定の通常運転らしい。

 試合中くらい手加減してよ、と思いつつ、バッターボックスでバットを構える稜ちゃんに目を戻す。

「向こうの守備は鉄壁だからな。様子見なんてしてる場合じゃねぇな、こりゃ」

「うん、そうだね……」

 岡田くんもやっと試合を見る気になったようで、歯がゆい思いを募らせたような声で試合の行方を見守っている。

 北高の野球は、攻撃型か守備型かと聞かれたら、誰でも

守備型とわかるくらい、本当に守りが強い。

　逆に青雲は攻撃型だから、主導権さえ握れたら青雲ペースで試合を進められそうなんだけど……その鉄壁の守りを打ち破れるだろうか。

　相手ピッチャーから放たれる、狙いすましたストレートを見送った稜ちゃんは、応援ベンチから見ていると、見送ったというよりは"手が出なかった"と言ったほうが正しいような感じで。

　そのストレートの威力にすっかり腰が引けてしまったわたしは、見逃し三振もありうるんじゃないかという不安で胸が押しつぶされそうになる。

「花森が応援しなくてどうするよ。よく見てみろ、稜のやつ、バットの握り変えたぜ」

　その直後。

　放たれた２球目は、カキンッという快音とともに打ち返され、ボールはスピードを緩めることなくピッチャーの股の下を転がっていった。

「……ヒット!!」

　思わず声がもれる。

　バットを投げ捨て脇目もふらずに一塁に向かう稜ちゃんを目で追いながら、「取られなきゃいいけどな……」と心配そうにつぶやく岡田くんに、曖昧に相づちを打つ。

　北高はそうそうヒットを許すチームじゃない。

　でも、初回の攻撃から相手に危機感を与えるプレーを出せたら、鉄壁も打ち崩せるかもしれない。

「おしっ！」

　岡田くんが声を上げる。

　いつの間にか固くつぶっていた目をおそるおそる開けると、悠々とベースの上に立つ稜ちゃんの姿が見えて、安堵のため息がもれた。

　青雲ベンチは一気に沸き立ち、普段は素知らぬ顔をしている岡田くんもキラキラと瞳を輝かせる。
「ヒヤヒヤさせやがって。もうちょい速く走れよな」

　口ではまたもや皮肉を言うけど、かつてのライバルだった稜ちゃんのヒットを岡田くんが喜ばないわけはない。

　ベンチで指揮を取る笹本先生も満足そうにうなずいていて、青雲側は瞬く間に押せ押せムードに様変わりした。
「次からはもっと大変になるぞ、送りバント。1本だけどヒット打たれたんだ、向こうも必死になるだろうし」
「うん……そうだね」

　けれど、岡田くんが言うように、一難去ってまた一難だ。たいていの場合、先頭打者が塁に出たら次のバッターは送るんだけど、気持ちを切り替えたような顔の北高ナインに、果たして送りバントさせてもらえるだろうか。

　2番の井上くんは、わたしたちと同じく3年生。

　野球のセンスはすごくあるんだけど、好不調がはっきりしている選手で。

　それを補って余りあるほど守備に長けた選手でもあるから、笹本先生も起用しているわけだけれど、今日のバッティングの調子はどっちだろう。

「井上ー！　いけるぞー！」
　そんな心配などどこ吹く風で、稜ちゃんがバッターボックスに入った井上くんに声をかける。
　……ああ、そうだった、稜ちゃんはそういう人だ。
　いつだって、どんなときだって、そうやって無条件で仲間を信じるのが稜ちゃんだ。
　その声を聞いた井上くんは、稜ちゃんに向かってホームラン予告みたいにバットの先を向けた。
"絶対、送ってみせる！"
　そんな声が聞こえてきそう。
「稜が声かけたから、送るはずだ、井上は」
「うん」
　うなずいて、両者の攻防に目を凝らす。
　バントの構えで１球目を送った井上くんは、ど真ん中に投げ込まれた緩めの２球目を見事にバットに当てると、すでに二塁に走り出している稜ちゃんと同じように一塁ベースを目指してひた走る。
　三塁線ギリギリのところを転がっていくボールに追いついた相手キャッチャーが素早く一塁に送球し、
「アウト！」
　一塁審判がアウトを取った。
「まぁ、成功だな」
「いいバントだったよね」
　少し残念な気持ちが残りはするけど、２番打の仕事は塁に出た１番バッターを確実に次の塁へ送ることだから。

「がんばればお前もセーフだったんじゃね？」
　ベンチに戻ってきた井上くんを相変わらずな皮肉で迎える岡田くんだけど、これがきっと、彼なりの誉め言葉なんだと思う。
　けれど、グラウンドでは３番の秋沢くんが苦戦していた。
　ノーボール、ツーストライクと、ギリギリのところまで追い込まれていて。
「稜の声も届かねぇか……」
　岡田くんが言うとおり、稜ちゃんが何度も声をかけて落ち着かせようとしているものの、その秋沢くんは極度の緊張からなのか、まわりがまったく見えていない様子だった。
　結局、大きく外れたボールでも空振りしてしまい、秋沢くんは三振に倒れ、打席には４番の上田くんが入る。
　上田くんも同じく３年生。
　ガタイがよくて力もある、４番にふさわしい体の持ち主だ。
　初球こそ冷静沈着にボールを見極め、バットをまったく振らなかった上田くんだったけれど、それから３球はボール球にも手が出てしまい、なんとかファウルで粘るという、ヒヤヒヤさせられる展開だった。
　岡田くんも、じれったそうに攻防を見守るしかなく。
「粘れよ、上田ぁ……」
　そう歯噛みしていたところの第５球。
　――カキーンッ！
「抜けろ！」
「いけっ！」

ボールは一塁と二塁の間を低く飛んでいった。
　稜ちゃんは三塁へ、上田くんは豪快にバットを放り投げて一塁へ。打球は外野選手が流れるような動きで一塁へ。
「セーフ！」
　一塁審判がセーフをとって、岡田くんとわたしは同時に安堵のため息をもらす。
　いまのような隙のない動きこそが、北高が鉄壁の守りだという所以なわけだけれど、どうやら今回は大きな体をフルに使って激走した上田くんに軍配が上がったようだった。
　塁を見れば、２アウトながら一塁三塁。
　得点のチャンスだ。
　三塁ベースに立った稜ちゃんは、腰に手を当てながらフゥーと大きく息を吐く。
　５番はピッチャーの大森くんだ。
　青雲では唯一レギュラーの２年生で、その実力は投打ともに３年生とも引けを取らない。
「１点取りてぇなぁ……」
　珍しく素直な岡田くんに、わたしもうなずいた。
　……あ、でも、稜ちゃんと大森くん、目で会話してる。
　これならきっと、なにかを起こしてくれるにちがいない。
　だって、半年間で作り上げてきたバッテリーの信頼関係は、バッティングでもものを言うはずだもの。
「岡田くん、大森くんは打つよ」
「お、花森にしちゃ珍しく強気な発言じゃん」
「うん、でも、そんな気がするんだよね」

その予感どおり、甘めに入った初球を見逃さなかった大森くんは、お手本のようなスイングでボールを弾き返した。
　稜ちゃん、上田くん、大森くんが、それぞれに次の塁へ向かって猛然と走り出す中、ロングヒットとなった打球をグローブに収めた北高選手は、一番近い二塁ベースめがけてボールを放つ。
　上田くんがベースに立つのが先か、ボールが届くのが先か……片時も目が離せない展開に、スコアブックを握りしめる手にも力が入った。
　——と。
「セーフ！」
　その声とともに二塁審判が両腕を水平に広げる。
　ということは、青雲が１点先制。
　稜ちゃんがホームベースを踏んだことになる。
　上田くんのほうに気を取られるあまり、残念ながら稜ちゃんがホームを踏む瞬間は見逃してしまったけれど、でもこれで初回から得点が動いた。
　鉄壁の北高を相手に、この１点は大きい。
　結局、この回の攻防は、６番バッターの村瀬くんの健闘も虚しくピッチャーフライで打ち取られてチェンジとなった。
　２回の攻防からは、両チームとも練習試合とは思えないほどの名プレーが続出し、白熱したまま３回、４回……と回は進んでいった。
　一塁二塁にノーアウトのランナーを背負った大森くんに思いがけない暴投があったものの、それをうまくカバーし

た稜ちゃんがランナーを三塁に進ませるのを阻んだり。
　攻撃の面でも青雲はよく打つものの、そこはやはり北高の守備力のほうが一枚上手。
　塁には出ても追加点が奪えず……といった具合で。7番バッターの千葉くん、8番の根岸くん、9番の萩尾くんもそれぞれに健闘したけれど、簡単には試合を進めさせてもらえなかった。
　8回までそんな場面が続き、試合は最終回の9回へ。
　ここまでの青雲は初回の1点をなんとか守っている、という状態で、こちらが少しでもミスをすると、そこをついて攻め込まれる危ない場面が何度となく続いている。
「守れるかな、1点……」
　思わず口にしてしまうと、
「ちげーよ、守りに入ったら気持ちで負ける」
　と、岡田くんが言う。
「うん、そうだよね、スポーツは気持ちで戦う部分も大きいもんね。変なこと言ってごめん」
「いや。本音は守りきってほしいけどな」
「わたしも」
　……矛盾しているけど、それが本音だよね。
　スポーツにはこういう矛盾がつきものなのかもしれない。
　運動音痴のわたしには、矛盾する気持ちの打ち勝ち方なんて想像すらできないけど、去年の夏まで選手としてプレーしていた岡田くんなら、やり方がわかるんだろうか。
　9回の表、北高の攻撃。

ひとり目、ふたり目とバッターに立ち向かう青雲ナイン。
「花森、そんなに手ぇ握ると血が出るんじゃね？　心配なのはわかるけど、稜が負けるはずねぇんだから。お前だけは、もっとどっしり構えて試合見てやれよ」
　思わず力むわたしに、岡田くんから声がかかる。
　いつの間にかきつく握っていた両手を開くと、ほんと。
　手のひらに爪の跡がくっきりとついていて、どれだけの握力で握りしめていたんだろうと思う。
「……うん。マネージャーだもんね、わたし。ここまで守ってきた1点だし、マネージャーのわたしが不安がってたら、勝てるものも勝てなくなっちゃう」
「だから、そうじゃなくて……」
「ん？」
「いや、いい。試合見ようぜ」
「……う、うん」
　この3人目のバッターを打ち取れば勝利という、本当に大事な局面を迎えた場面で、またしても会話が微妙にかみあわない。
　歯切れの悪い様子にふしぎに思うけど、でも、マネージャーの立場から言えることは、みんなを信じることだけだ。
　上田くんのようにガタイのいいバッターに果敢に立ち向かう青雲バッテリー。
　前傾姿勢で守備を固める、ほかのメンバーたち。
　大森くんの投げるボールと稜ちゃんの見透かしたかのようなリードの前に、あっという間にツーストライクに追い

込まれる北高バッター。
　そしてブンッと。
　バットが空を切った瞬間——。
「だから言ったろ？　稜は負けないって」
　得意げな様子の岡田くんの声とともに、今年最初の練習試合は青雲の勝利で幕を閉じた。

やきもち

　試合後。
　北高校ときたる地区予選での健闘を誓い合うと、わたしたちは部室に移ってミーティングを行った。
　試合の良かった点、反省点、次への課題などを全員で共有し合い、笹本先生の解散の合図で、それぞれ帰っていった。
　わたしも更衣室で制服に着替え、足早に家路につく。
　ここ数日、風邪のために休まざるを得なかった四つ葉のクローバー探しを、できるだけ早く再開したくて。
　午前中に練習試合を終え、午後は部活が休みの今日。
　丸々空いた時間は、とっても貴重だ。
　そうして校門まで歩いていくと、
「おう、お疲れ」
「……うん、お疲れさま」
　自転車を押して歩く稜ちゃんとばったり出くわした。
　なんてタイミングだろう。
「ちょうどよかった、あとで返しに行こうと思ってたんだけど、いま返すな。助かったよ、サンキュ」
　稜ちゃんは肩から下げたスポーツバッグからデータブックを取り出し、わたしに差し出す。
「……あ、うん、お役に立てたのなら、なによりです」
　おずおずと手を伸ばし、受け取った。
「監督のより詳しいとか、さすがマネージャー。

「今日のデータもすぐにまとめるから、試合中に気づいたこととか、みんなのぶんも教えてもらえると助かるな」
「わかった。あとで言っとく」
「うん、お願いします」

　スコアブックとはちがい、対戦高の研究のためにまとめているのが、笹本先生やわたしがつけているデータブック。

　実際に対戦した選手本人にしかわからないことも多くあるので、次の対戦へ向けて対策をしっかり練られるように、どんなに些細なことでも書き記しておくのが、マネージャーになってからのわたしの大事な仕事のひとつだ。

　……さて。

　必要なことも伝えられたし、帰ろう。

「あ、じゃあ、わたしは──」
「帰るぞ」
「え？」
「同じ方向に帰るのに別々とか、あんま意味ないじゃん」
「……はあ」

　けれど、少しだけ口角を上げて困ったような笑顔を向けられ、わたしの口からは間の抜けた声が出る。

　これはつまり、一緒に帰ることを推奨されている……？

　でもたしかに、稜ちゃんの言うとおりなんだろうとは思う。

　家が向かいなわけだし、たまたま校門前で会ったわけだし、じゃあ一緒に帰るかという流れになるのは、ごく自然にあることだろう。

　だけど、稜ちゃんは自転車通学で、わたしは徒歩だ。

試合後で疲れているだろうに、稜ちゃんだけでも先に帰って休んだらいいんじゃないのかな。
「帰る、つったら帰るんだ」
　なんでだろう？と首をかしげていれば、ムスリとした声で言い放たれて、クルリと背中を向けられた。
　そのまま自転車を押して歩きはじめてしまった稜ちゃんは、背中に頑固者のオーラを纏（まと）っていて。
「……ま、待って」
　でも、ついていかなきゃいけないんだなということだけは理解したわたしは、その背中を追って駆け出した。
　けれど、隣に並んで歩くこと、約10分。
　その間もとくに会話らしい会話もなく、沈黙が続いている。
「なんで見てなかったんだよ、１回裏の１点」
　そんな中、稜ちゃんが久しぶりに声を発した。
　声のトーンはやや低く、その視線はまっすぐに前だけを見たままで、隣で見上げるわたしには向けられない。
　１回裏の１点ということは、稜ちゃんがホームベースを踏んで得た得点のことを指しているんだろうけど、どうしていま、そんな話をはじめたんだろう。
「ごめん、上田くんがアウトになるかならないかっていう場面だったから、そっちに集中しちゃって……」
　野球はときに、目がいくつあっても足りないくらいの展開を見せるときがある。
　疑問に思いつつも、そのときの状況を説明して謝ると、「今年で最後なんだぞ？　マネージャーがちゃんと見てな

くてどうすんだよ」
　と言われてしまい、困惑。
　もっと視野を広げろよ、と言っている……のかな。
　試合のデータを取るのもマネージャーの大事な仕事なんだから、常に全員のプレーに目を凝らしておけ、的なニュアンスの。
「うん、わかった」
「……つーか、試合中、岡田となに話してたの？」
「え、普通に……試合の話だよ」
「そう。でも岡田、手が早いらしいから」
　稜ちゃんのことも話していたなんて到底言えず、曖昧に言葉を濁すわたしに、どう答えたらいいかわからなくなるような台詞で稜ちゃんが返してくる。
「……いや、なんでもない。帰ろう」
「あ、うん」
　だからきっと、ふと見上げた稜ちゃんの耳のうしろが少しだけ赤いように感じたのは、単にわたしの見まちがいなんだと思う。

　そんな週末を経て、月曜日。
　稜ちゃんの様子が少しおかしかったことを話しながら、ココちゃんとお弁当を食べていた、昼休み。
「確実にやきもちだね、それは」
　自分の箸先をピョイとこちらに向け、なんとも的外れな見解を述べたココちゃんに、

「……」
　わたしはなにも言わずに疑いの目を向けた。
「え、でも、百合の報告を聞いてたら、あたしはそんなふうに思ったよ？　ていうか、よく"もっと視野を広げろ"って意味に解釈できたね。ある意味すごいわ」
「いや、でも、稜ちゃんには好きな子がいるんだよ？」
「百合は、もしかして自分かもって思ったりしないの？」
「しないよ。はっきり言われたわけじゃないし、いまも同じ子を想ってるのかはわからないけど、名字で呼びたいって言われるのって、そういうことでしょう？」
「そうなのかなぁ……」
　ココちゃんは納得いかなさそうな顔をするけど、わたしの中ではもうとっくに答えが出ているものだ。
　好きでよく飲んでいるイチゴ牛乳の残りをストローで吸い上げると、「ごちそうさまでした」と手を合わせ、空になったお弁当箱を袋にしまった。

　稜ちゃんの昨日のあれは、ココちゃんが言うように、本当に"やきもち"だったんだろうか。
　いくら考えても答えは出ず、ふと気づくと、カレンダーはいつの間にか５月のページになっていた。

焦・5月

なりたい

　大型連休中、笹本先生の計らいで２日間の休みをもらった、青雲高校野球部。

　１日目はココちゃんと大型ショッピングモールに出向き、７月からはじまる夏の甲子園・地区予選大会へ向けて作るお守りと千羽鶴の材料を買って。

　２日目の今日は、朝からそれらの応援グッズ作りに、ひとり黙々と取り組んでいた。

　青雲野球部は、１年生が15人、２年生が18人、３年生が岡田くんとわたしを含めた20人、そして監督の笹本先生の、計54人という大所帯。

　本物の四つ葉のクローバーをラミネートしてお守りの中に入れようと思っているから、時間があるときに少しずつでも進めておかないと、７月の予選本番に間に合いそうにないのが実情で……。

　７年前、稜ちゃんとふたりでクローバーを探した思い出の場所で、今日もわたしは３枚の四つ葉のクローバーを見つけて家に戻った。

　あれ以来、意識して開けるようにしていたカーテンを開けて５月の日差しを部屋に取り込みながら、せっせと応援グッズ作りに精を出していた。

　そんなとき、スマホがピンコンと軽快な音をたててメッセージの受信を知らせて。

見てみると、

【暇なら買い物つき合って】

　稜ちゃんからの、そんなメッセージが届いていた。
「……へ？」
　あまりに突然のことで思考回路が寸断され、画面を見たまま、しばし固まる。
　どうして稜ちゃんがわたしを？と困惑する気持ちと。
　まちがって送ってしまったのかもしれないと、冷静に分析しようと働きはじめた頭と。
「……と、とにかく返事をしよう」
　どういう経緯でこのメッセージがわたしに届いたのかは謎なものの、返事をしなければ稜ちゃんが困ってしまうと思ったわたしは。

【メッセージを送る人、もしかしてまちがえてませんか？】

　と返信して、様子をうかがってみることにした。
　けれど、何分経っても返事は来ず。
「……気づいてないのかな」
　ちゃんと目当ての人を誘えているといいんだけど。と、一向にメッセージを受信しないスマホを気にしつつも、応援グッズ作りを再開することにした。
　暇といったら暇だけど、まさか稜ちゃんがわたしを誘う

だなんて、絶対になにかのまちがいにちがいない。
　好きな子がいるのに、わたしを誘う理由がわからないもの。
　そんなときだった。
「あら、稜くん、今日はどうしたの？　百合子に用事？」
「……っ!?」
　来客を知らせるチャイムが鳴り、お母さんのそんな声が聞こえてきたのは。
「百合子ー、稜くんがちょっと買い物につき合ってほしいんだって」
「あ、あ……うん、ちょっと待って……っ」
　階下から呼ばれる声に慌てて返事をするものの、頭の中は完全にパニック状態だ。
　もしかして、友だちと都合がつかなくて代わりにわたしを訪ねてきたんだろうか……お向かいだし。
　混乱しながら、ふと頭に浮かんだ、ココちゃんの『百合は、もしかして自分かもって思ったりしないの？』という台詞を、急いで頭の隅に追いやった。
「……お、お待たせ」
「じゃあ、行こう」
「う、うん」
　考えても考えても、わからなくて。
　それでも本人に聞けなくて。
　まったく状況が飲み込めないまま、ふと現実に戻ったときには、稜ちゃんとふたり、昨日ココちゃんと来たショッピングモール内の雑貨屋さんの中にいて。

「こっちとこっち、どっちがいいと思う？」
　と。
　ふたつのティーカップをそれぞれ手に持った稜ちゃんに、真剣な表情でそう聞かれていた。
「あ、うん、こっちの淡いピンクのほうがいいかな」
「わかった。買ってくるから、ちょっと待ってて」
「うん」
　レジで会計をする稜ちゃんのうしろ姿を眺めながら、そういえば来週は母の日だな、と思い出した。
　昨日は気にも留めなかったけど、お花屋さんはもちろんのこと、どこのお店も『母の日フェア』のＰＯＰ広告で飾られている。
　稜ちゃんはティーカップを贈るつもりで商品を選んでいたらしい。
「紅茶とかあんま飲まないから、カップを贈ろうにもどれを選んだら喜ぶかとか、男の俺には全然わかんなくて。今日は一緒にきてもらって助かったわ」
「でもおばさんなら、なんでも喜んでくれると思うよ」
「だといいけどな」
　買い物を終え、『母の日』仕様のきれいなラッピングが施された紙袋を手に下げながら、ぶらぶらとモール内を歩く。
　稜ちゃんのお母さんはとても紅茶が好きで、よくうちのお母さんを家に招いてはお茶会をしている。
　小学生のころまでは、お菓子目当てでわたしもよくついていったけれど、中学に上がって部活動にも入り、勉強や

テストでなにかと忙しくなってくると、自然と出向くことが少なくなっていって。

とくに『名字で呼びたい』と言われてからは、稜ちゃんと距離を置かなきゃという思いから、すっかり足が遠のいてしまっていた。

親同士はいまも昔と変わらないつき合いをしているけど、わたしと稜ちゃんがこうして一緒に出かけるなんて、本当に何年ぶりのことだろう……。

「次、どっか見たい店とか、行きたいとこかある？」

「ううん、とくになにも考えてないよ」

……というか、稜ちゃんの好きな子に悪いよ。

また一緒に出かけられて、昔に戻ったみたいでうれしいはずなのに、なんのおもしろみもない返事をしてしまう。

稜ちゃんの"特別"になれないことは、わかっている。

前はよくお茶会に同席していたから、自分の母親の好みも知っているだろうと、わたしを誘ったことも。

でも。

「じゃあ、なんか飲むか。たしか好きだったよな、イチゴ牛乳。安くて悪いけど、つき合わせたお礼させて」

「……」

休憩(きゅうけい)コーナーをとおりかかったとき、自販機でイチゴ牛乳のパッケージを目にした稜ちゃんがそう言って。

ずるいよ、稜ちゃん……。

当たり前のようにイチゴ牛乳のボタンを押す稜ちゃんの背中に、痛いくらいに胸が締めつけられた。

甲子園の夢を応援することだけが稜ちゃんの近くにいられる方法なんだと、ずっと自分に言い聞かせてきたけど。
　覚えていてくれた好物のイチゴ牛乳に特別な意味なんてないとわかっているけど。
「……好きだよ、稜ちゃん」
　イチゴ牛乳を取り出す稜ちゃんの背中に、本心が漏れる。
　やっぱり、稜ちゃんの"特別"に憧れてしまう。
　なりたいなと思ってしまう。
　その想いは、好きな子がいると知ってからも、弱くなるどころか、ますます強くなっていって。
　……いまも泣きたくなるほど切なく胸を締めつけて、どうしたって消えてくれそうになかった。

「それってデートじゃんっ！」
　大型連休が明けて最初の登校日。
　昼休み、いつものようにココちゃんとお弁当を食べながら稜ちゃんとショッピングモールに出かけた話をしていたら、どういうわけか"デート"だと勘違いされてしまった。
「ちがうちがう、ただの買い物の付き添いだって」
「えー、なんでそうなるのよー」
「そんなの、わたしが稜ちゃんのお母さんの好みがわかるからって以外に理由なんてないよ。母の日のプレゼントを買いに行きたかったみたいで、わたしならお母さんが喜ぶものを選べるだろうって、そういうことだよ」
　不服そうに唇をとがらせるココちゃんに曖昧に笑って、

"デート"の3文字をやんわりと否定する。

　ココちゃんには、なんで百合はそうネガティブかな……とあきれられることもしばしばだけど、根底にあるのは、好きな子がいるからわたしのことは名前では呼べないと知ってしまった、あの日の苦い記憶だ。

　あの日の記憶がある以上、ココちゃんが言うように、そう簡単にポジティブに考えらるわけがなかった。
「あのね百合、そういうのを世間一般では"デート"って言うの。もういい加減、目をそらしてばかりじゃなく、ちゃんと"長谷部くん"のことを見てあげなよ。百合がそんなんじゃ、長谷部くんがかわいそうだよ……」

　お弁当に目を落としていると、あからさまに大きなため息をついて、ココちゃんが言う。

　思わず顔を上げれば、「ぶ、なんてヒドい顔してんの」と苦笑いされて、わたしも苦笑いを返すしかなかった。
「とにかく、百合は自分に自信がなさすぎ。うちら高3なんだよ？　卒業したら離れ離れになることだってあるだろうし、そのときになって後悔したって遅いんだから」
「……うん、ありがとね」
「わかってるなら、いいよ」
「うん」

　本当にココちゃんの言うとおりだと思う。

　目をそらして、自分の心に蓋をして。

　自然に距離が離れていったんじゃなく、意識して近づかないようにしていたのはわたしだ。

それでも稜ちゃんの近くにいたくて野球部のマネージャーになったけれど。
　このままじゃ、稜ちゃんが野球に打ち込む姿からも目をそらしてしまうかもしれない。
　それだけは、絶対にしたくないのに。
　誰よりも近くで見ていたいのに。
「……強くなりたい」
　ぽつりとこぼした声にこたえるように、ココちゃんがわたしのお弁当に自分のミニハンバーグをおすそ分けしてくれた。

これから

　——強くなりたい。
　そうは思っていても、現実は難しい。
　あれから２週間。
　５月ももう中旬に入り、グラウンドの青葉がよりいっそう深い緑に染まるころ。
　相変わらず弱虫で臆病なわたしは、稜ちゃんを諦めることも、７年越しの想いを伝える決心もつかないまま、どっちつかずな日々を送っていた。
　これからは、７月の地区予選に向けてもっともっと練習していく大事な時期。
　みんな一丸(いちがん)となって厳しい練習をこなさなきゃならない時期なのに、あきれるくらいになにも変われない自分が、とことん嫌になる。
　ココちゃんには、こう言われた。
『７年も想ってきたんでしょ？　それってほんとにすごいことだから。過去は過去じゃん。これから百合がどうしたいのかを考えるのが、あたしは重要だと思うな』
　だけどわたしは、いまだに答えが導き出せていない。
　わたしたち３年生には、思いきり部活に打ち込める時間は、もうあとわずかしか残されていない。
　思いきり青春できるのも、もうあとわずか。
　引退すれば、受験や就職であっという間に忙しくなる。

今年こそ、今年こそ……。
　稜ちゃんと甲子園に行きたい。
　みんなと甲子園に行きたい。
　その気持ちだけは、はっきりしているのに、自分がこれから稜ちゃんとどんな関係を築いていきたいかを考えると、とたんに頭がまっ白になってしまって。
　やっぱり思い出してしまうのは、好きな子がいるからわたしのことは名前では呼べないと知ってしまった、あの日の苦い記憶のことばかりだった。

　小学生のころ、わたしがまだ稜ちゃんを"男の子"として意識しはじめる前の、ある夏の日。
『百合ちゃん、僕が高校生になるまで待っててくれる？』
　夏の甲子園のテレビ中継を一緒に見ていたとき、稜ちゃんにそう言われたことがある。
　ふいに真剣な表情になった稜ちゃんが、わたしの顔をじーっと見つめて。
　どういう意味かわからず首をかしげたわたしに、
『高校３年間のうちに、僕が必ず百合ちゃんを甲子園に連れてってあげるから。それまで待っててくれる？』
　と。
　どこか照れくさそうに、はにかんだ笑顔をこちらに向けて、右手の小指をそっと差し出した。
　返事の代わりに自分の小指を絡ませたわたしに、稜ちゃ

んは、
『ありがと、百合ちゃん！』
　と、指きりげんまんした手をブンブンと勢いよく振って。
　それから、なくなっちゃうんじゃないかと思うほど目を細くして、本当にうれしそうに笑っていた。

　当時は、わたしとほとんど変わらなかった、幼かったころの稜ちゃんの手や指。
　ふたりだけの、この約束。
　甲子園のことを考えると、どうしてもこの約束を思い出してしまって、稜ちゃんへの想いに淡い期待を捨てきれなくなってしまう。
　稜ちゃんはどう思っているんだろう。
　約束の行方を見届けることができるのは、今年が最後。
　稜ちゃんに好きな子がいても、あの夏の日に指きりげんまんしたこの約束は、今も有効ですか……？

　そんなことを思いながら部室の掃除をしていた、いつもの放課後の、部活の時間。
「なぁ、マネージャー」
　ふいに呼ばれた声に振り返ると、換気のために開けっ放しにしていたドアの前に立っていたのは、たったいままで考えていた稜ちゃん本人だった。
「ちょっと手のひらを擦りむいたから、適当に手当てして

ほしいんだけど」
　そう言って右の手のひらを見せた稜ちゃんは、そのまま近くにあったパイプ椅子に腰を下ろし、部活がはじまってまだ間もないのに、すでに大粒の汗が伝うこめかみをユニホームの袖口でぬぐった。
　今日は５月とは思えないくらい暑いもんね。
　わたしもすっかり汗をかいたし、みんなもきっと、もう汗だくだろう。
「そっか、片手しか使えないんじゃ、手当てするの難しいよね。薬箱取ってくるから、そのまま待ってて」
「おぅ、サンキュ」
　あとでみんなにヤカンに水を汲んで持っていってあげなきゃな、なんて思いながら、薬箱が置いてあるロッカーの上に手を伸ばす。
　けれど、背伸びをしても、腕をうんと伸ばしてみても、何度か跳ねてみても、あとちょっとのところで届かない。
　……仕方がない、椅子に乗って取ろう。
　自力で取ることは諦め、潔く椅子のお世話になろうと、いったんロッカーに背を向ける。
　そのとたん、
「ぶっ、おもしれぇ……。届かないなら届かないって言えばいいじゃん。ウサギじゃねぇんだから」
　ブフッと稜ちゃんに吹きだして笑われ、あまりの恥ずかしさに、かぁぁっと顔に熱が集中した。
　しかも稜ちゃんは、ロッカーとの隙間にわたしを挟むよ

うにしてスッと目の前に立ったりするものだから、あまりに至近距離すぎて目のやり場に困ってしまう。
　……どうしよう、ほんとに近すぎる。
　稜ちゃんの腕が上がった瞬間の、ふわっと流れる空気の振動や、ユニホームから香ってくる洗濯したばかりの石鹸の匂いが鼻腔をくすぐって、心臓がドキドキして鳴り止まない。
　胸が苦しい。
　たまらなく息苦しさを覚えて、逃げるように開放されたドアのほうに顔を向ければ、
「ほら、薬箱」
「あ、う、うん……ありがと」
　ポンと、薬箱が手渡された。
「……す、水道で砂は落としてきたの？」
「うん。すぐに練習に戻んなきゃなんないから、なる早で頼む」
「わ、わかった」
　どうやら激しく動揺しているのはわたしだけなようで、稜ちゃんは何食わぬ顔でさっき座っていたパイプ椅子に戻っていった。
「消毒、してくんないの？」
「……あっ、します、すぐします！」
「ふは、なんで敬語？」
　固まったまま動けないでいれば、無邪気に笑われて、素直に跳ねてしまう心臓の鼓動。

一瞬、逃げてしまおうかとも思ったけれど、消毒すると言った手前、それはできなくて。
　思わずふたりきりになってしまった部室には、ときおり風に乗って、きれいに晴れた空の下で部活に励む生徒たちの楽しげな声が入ってくる。
「どう？　沁みる？」
「いや、大丈夫。なんともない」
「じゃあ、もうちょっと強めに当ててみるね」
「おう」
　消毒液を染み込ませたガーゼをピンセットで挟み、慎重に傷口に当てて、手当てしていく。
　手当ての間、必然的に触れることになった稜ちゃんの手は、いつの間にか"大人"のゴツゴツとしたそれに成長していて、７年という時間の長さを否が応にも実感する。
　７年か……長いな。
　わたしはどこか成長したところがあるんだろうかと、稜ちゃんの手と自分の手を見比べて思う。
　すると、ふと視線を感じて、顔を上げると真顔でこちらを見つめる稜ちゃんと目が合った。
「……ごめん、強すぎた？」
「いや……」
　強く押しつけすぎたのかと思って尋ねれば、ふいっとそらされてしまって。
「……」
「……」

そこから突如として訪れた、なんだか気まずい沈黙。
　ドクドクと妙に激しく心臓が脈打ち、手当てをするわたしの手がかすかに震えはじめる。
　……あれ、そもそも、どうしてこんなに気まずい感じになっているんだろう？
　ふとそんな疑問が頭をよぎるけど、稜ちゃんに目をそらされた直後、わたしもすぐに視線を落としてしまったから、いまさら顔を上げることなんてできなくて。
　もしかして、気まずいのはわたしだけ？
　でも稜ちゃんも、いつもと少し様子がちがったような……。
　そうは思ったものの、たしかめる術がなかった。
「……」
「……」
　その後もさらに続く沈黙、深まる気まずさ。
　なにか話をしなければと必死に話題を見つけようとすればするほど、どんどん頭がまっ白になっていって、そんなときに限って、部室のすぐ近くを楽しそうな笑い声を上げながら数人の生徒が通っていったりするものだから、その笑い声に肩がビクリと震えてしまった。
　けれど、どうやらそれが、このやけに気まずい沈黙を破るきっかけになったらしい。
「……そういえば、選んでもらったあのティーカップ、母さんがすごく喜んでくれた」
「……あ、そうなんだ、よかった」
「うん、だから、ありがとな」

「いいよ、お礼なんて。それより、おばさんは使ってくれてるの？」
「いや、もったいなくて使えないって言われて、箱ごとリビングの一番目立つところに飾られた」
「あ、なんか、おばさんらしいね」
「親バカなんだよ、あの人」
　最初はたどたどしかった会話が自然に流れるようになって、それと同時に、ドクドクと脈打っていた心臓も静かになる。
　手当てもほぼ終わったから、あとは傷口に見合う大きさの傷バンドを貼るだけだ。
　そうして薬箱の中を漁っていると、
「……それでさ、今度は野球用品を買いに行くのにつき合ってほしいんだけど、いつなら時間ある？」
「へっ!?」
「急ぐようなことじゃないけど、できれば近いうちに」
「……!!」
　思わぬ急展開を告げられ、頭が完全にパニックに陥った。
　——ガタンッ。
　びっくりした拍子にひじを薬箱にぶつけてしまい、慌てふためくわたしのまわりに、中のものがひっくり返る。
　急いで拾おうと椅子を立てば、どうやら稜ちゃんも同じことを考えたらしく。
　腰をかがめたとたんに、頭と頭がけっこうな勢いでぶつかった。

「ご、ごめんっ」
「わたしもごめん……っ」
　飛び退くように離れたわたしたちは、それぞれにぶつかった箇所に手を当てながら謝り合ったものの、
「……っ。練習戻るわ！」
「えっ、あ、ちょっ……傷バンド、まだ貼って……」
　"ないよ"と言い終わる前に、稜ちゃんは部室を飛び出していた。
　出るときにぶつかったらしい部室のドアは、所在なくプラプラと揺れていて。
「な、なんだったんだろう、今のは……」
　ひとり呆然とするわたしは、ドアの揺れが治まってもなお、その場から少しも動けず、傷バンドを手に持ったまま、口をあんぐりと開けて立ち尽くしていた。
　でも、ひとつだけ、わかったことがある。
『いつなら時間ある？』
『できれば近いうちに』
　部室を飛び出す前、稜ちゃんはわたしにそう言った。
　それはつまり、わたしが動かなければなにも始まらない、ということなんじゃないだろうか。
　そんなときに、ふと、
『7年も想ってきたんでしょ？　それってほんとにすごいことだから。過去は過去じゃん。これから百合がどうしたいのかを考えるのが、あたしは重要だと思うな』
　ココちゃんに言われたことが頭をかすめる。

日々ふくらみ続けるこの想いも。
聞きたいのに聞けない、稜ちゃんの"好きな子"も。
あの夏の日に指きりげんまんした約束の行方も。

――区切りをつけるなら、今年しかないかもしれない。

そんなふうに感じて、改めて強くなりたいと思った。
これからわたしがどうしたいか。
……そんなの、もうとっくに答えは出ている。

雨・6月

イライラ

「最近の百合、ちょっと顔つきが変わったぽくない？ なんて言ったらいいのかな、精悍（せいかん）っていうか、キレイになったっていうか……。長谷部くんとの間に、なにか進展でもあったりしたの？」

6月。

梅雨に入り、ジメジメとした気候が辺りを覆うこの季節。

例に漏れず"梅雨の災難"に遭っているココちゃんが、どこか確信めいた表情で、そうわたしに問いかけてきた。

ココちゃんの梅雨の災難、それは、どんなにがんばってセットしても、ものの数十分ですっかり膨れ上がってしまう髪の毛のこと。

「マッシュルームみたいで、ほんと嫌なんだけど……」と、自身のショートカットの髪を恨めしそうに撫でつけては、毎日のようにボヤいている。

「うーん、進展っていうか、返事をしなきゃならないことができてね。それでいま、ちょっとずつ強くなろうと思ってがんばってるところなんだ」

「……ん？ どういうこと？」

「区切りをつけようと思ってて。……まあ、強くなるって言っても、具体的にどうすればいいのか、まだ全然わかんないんだけど。ごめん、意味不明だね」

頭の上にハテナマークを浮かべて首をかしげるココちゃ

んに曖昧に笑って、作りかけのお守りに針を通す。
　本来なら物理の授業が行われている時間だけど、担当の先生が急に熱を出して学校を休んでしまったとかで、急きょ、自習となった。
　その時間を利用して応援グッズ作りをしていたわけだけど、千羽鶴作りを手伝ってくれているココちゃんに思い出したように尋ねられて。
　そういえば話せていなかったな、と思ったわたしは、決意表明の意味も込めて、この"７年"に区切りをつけたいと思いはじめていることを彼女に話した。
「正直、あんまり意味はわかんないけど、でも、百合がそう決めたんなら、それが正解だとあたしは思うな。その"返事をしなきゃならないこと"っていうのも気になるところではあるけど、百合のことだから、精いっぱい考えて返事するつもりなんだろうし。あたしは、ちょっとずつ変わりはじめてる百合をそっと見守ることにするよ」
「うん、ありがと」
　まっすぐにこちらを見つめて言い切ったココちゃんに、ココちゃんはわたし以上にわたしのことを信じてくれているんだな、と胸がじんわり熱くなる。
　いつもわたしの背中を押してくれるココちゃん。
　そんな彼女と親友でいられることが誇らしい。
　だからこそ、わたしも自分を信じたいと思う。
　"７年"に区切りをつけるための一歩を踏み出す勇気を、決心を、覚悟を、きちんと持てるようになれる、って。

「そういえば岡田のヤツ、近ごろは毎日部活にきてるんだって？　サボり魔のアイツにしてはよく続いてるね」
「あ、うん、そうなの。北高との練習試合が終わったあたりからかな、毎日部活に顔を出してくれててね」
「そっか。アイツもなんか変わってきたね」
「やっぱり今年で最後だからね。なんだかんだで岡田くんも気合いが入るんだよ、きっと」

　鶴をひとつ完成させ、また新しい折り紙に手を伸ばすココちゃんとそんな話をしながら、わたしも作りかけのお守りにプスリと針を刺す。

　ココちゃんと岡田くんは、同じ中学だったんだそうだ。

　中学時代のふたりはとても仲が良かったと、ふたりと同じ学校出身の子から前に聞いたことがある。

　高３のいまはあまり接点がないように見えるけど、それだけ仲が良かったなら、真面目に部活に顔を出すようになった岡田くんの変化にココちゃんが気づくのは、全然、ふしぎなことなんかじゃないと思う。
「……甲子園、行ってほしいな」
「うん、わたしも行かせてあげたい」

　鶴とお守りにそれぞれの願いを込め、わたしたちは、それからの残りの自習時間を黙々と作業した。

　その日の放課後。
「じゃあ、笹本先生、行ってきます」
「おう」

部活開始後、間もなくして、先生にそうことわりを入れたわたしは、応援グッズ作りを再開するため、練習の準備もそこそこに部活を抜けることにした。
　実は、スケジュールが少し遅れ気味で……。
　去年までは先輩マネージャーと分担していたから、それほど大変だった記憶はないんだけど、今年は女子マネはわたしひとりで、後輩もいない。
　結局、ココちゃんにも手伝ってもらいながら、わたしがひとりで54人分のお守りと千羽の鶴を折ることになっていた。
　朝から降っていた雨は、放課後になっても降り止むどころか、ますます強さを増していて、廊下の窓ガラスにひっきりなしに雨の粒が打ちつけられている。
　梅雨の時季の部活は、室内練習という名の筋トレ地獄。
　校舎の1階から3階までの階段をダッシュで10往復とか、腹筋100回を3セットとか。
　腕立ても背筋もそんな感じで、湿気でいつも以上に汗をかくみんなの息遣いは、ハァハァと荒い。
　毎年の光景だけど、なかなか見慣れないのが実際のところ。
　つくづくハードだな、わたしには真似できないなと、そう思う。
　そんなみんなに「がんばって！」とエールを送りながら自分のクラスへ向かうと、当たり前だけど誰も残ってはおらず、シーンと静まり返っていた。
　放課後の教室は濃いグレーの雨雲のせいで、まだ4時半だというのに薄暗い。

電気をつけて自分の席に向かい、ひとりでぽつんと作業をしていると、だんだんと心細い気分になってくる。
　それを紛らわすために、即興の鼻歌なんかを歌いながら、ココちゃんと一緒に選んだスカイブルーのフェルト生地にチクチクと針を通していたんだけど……。
「痛……っ」
　開始早々、左手の人さし指の腹に針をプスッと刺してしまって。
　水道で傷口を流したあと、こういうこともあろうかと用意していた絆創膏をその指に巻いた。
　気を取り直すようにひとつ大きく息を吐いて、またフェルトに針を通しはじめる。
　お裁縫とか、あんまり得意じゃないんだよなぁ……。
　本当は岡田くんにも少しくらい手伝ってもらえたらいいんだけど……無理、だろうな。
　選手からマネージャーに転向した岡田くんにとって、応援グッズは"作るもの"ではなく"もらうもの"という意識が強いらしい。
　せめて鶴くらいは折ってもらいたいんだけど、岡田くんのことだ、頼んでもきっと『そんなの去年の使い回しでいいじゃん』って適当にかわされて終わりなんじゃないだろうか。
　めんどくさいのはわからなくもないけど、そういうことじゃないんだよな……。
　だってわたしたちには、今年が最後なんだから。

──と。
「おっ、いたいた、花森。稜から伝言。なんかよくわかんねぇんだけど、てるてる坊主作っとけって」
　ここまで走ってきたんだろう、少し息を弾ませた岡田くんが教室の扉からひょっこりと顔を出し、そう告げた。
「……てるてる坊主？　キャプテンが？」
「おう。それで、できたやつは稜が欲しいって。部室に置いておきたいんだと。もしかして、今週末の東高との練習試合が晴れるようにっていう願掛けだったりして。まあ、この雨なら願掛けしたくなる気持ちもわからなくもないけど、なんかやることがガキっぽくね？」
「いや、わたしは、そんなふうには……。とにかく、作ればいいんだよね、伝言ありがとね」
　岡田くんにお礼を言い、彼のほうに向けていた顔を再び自分の手元のフェルト生地に向ける。
　岡田くんの言うとおり、今週末には練習試合が控えている。
　そういえば、昨日の練習の合間、稜ちゃんと笹本先生が水捌けがあまりよくないグラウンドの状態を気にしているような話をしていたっけ。
　わたしもだんだん気になってきて、生地に針を通す手を休め、いまだ窓の外を激しく打ちつける雨粒を眺める。
　こんな雨で大丈夫かな……。
　練習試合の日程が決まったとき、みんな『また試合できる、今度も勝つぞ！』って意気込んでいたのに。
「あれ、なんか元気ねぇな。稜でも呼んでくるか？　ふた

りで、てるてる坊主に願掛けでもする？」
　すると、いつものからかい癖が発動したのか、ニヤリと口角を上げて笑った岡田くんは、そんなふうにふざけた調子で言いながら教室に足を踏み入れ、わたしのほうへ近づいてくる様子を見せた。
　その瞬間、なぜか猛烈に岡田くんに教室に入ってきてほしくない気持ちになって。
　なんでだろう、と違和感を覚える。
「……いい」
　そう言ったわたしの声は、自分でもびっくりするほど低くて。
　またひとつ違和感が増えた。
　どうしたんだろう、わたし。
　なんだかすごく、イライラしてる……？
　でも、なにに？
「なに？　どしたの？」
　違和感がぬぐい去れない中、なぜかスカイブルーのフェルト生地をきつく握りしめるわたしに、前の椅子にうしろ向きで座り、背もたれに片ひじをつきながら、岡田くんがおどけた声の調子で尋ねてくる。
　その声がやけに耳ざわりなのは、どうしてなんだろう。
　こんなときくらい……高校最後の夏が近づいている、こんなに大事なときくらい、からかったり、ふざけたりなんかしないで、岡田くんももっと本気になってくれてもいいんじゃないの？

違和感とともに不満もふくらんで、その気持ちが、自分でも止められないくらい、どんどん大きくなっていく。
「花森？　なんでそんなに怖い顔してんだよ？」
「……」
　顔をのぞき込むようにして聞かれて、視線が合わないようにすぐさま逸らす。
　ココちゃんだって、最近の岡田くんの変化に気づいて、『……甲子園、行ってほしいな』って。
　それは、ひじを壊して選手としては望みを絶たれても、仲間だから……マネージャーになったって、54人うちの大切な1人だから、もしかしたら、そんな岡田くんにこそ向けられた言葉だったのかもしれないのに。
　いつの間にか、さらにきつく握りしめていたらしいフェルトが、わたしの手の中で悲鳴を上げるように軋む。
「——今年で、最後なのに」
「は？」
「今年が、最後なのに。もっとほかにやることがあるんじゃないの？」
「なんだよ、それ」
「鶴を折るのを手伝うとか、部室の掃除をするとか、なんでもいいよ。もっと本気になってよ。岡田くんにしかできないことを本気で探して、見つけたらそれに本気になってよ。わたしは岡田くんとも一緒に甲子園に行きたいと思ってる。……でも、いまの岡田くんとは、行きたくない」
　自分の口から出たものとは思えない辛辣な言葉に、もの

すごい罪悪感と後悔が襲う。
　でも、一度口から出てしまった言葉は、なかったことになんてできるわけがなくて。
　キュッと唇をかみしめるわたしに、岡田くんが言い放つ。
「……つーか、自分の願望を勝手に押しつけてくんじゃねぇよ。本当は、こうして俺といるところを稜に見られるんじゃないかってハラハラしてるだけなくせに」
「そ、そんなこと……っ」
「ないって言えんの？　その顔で？　いっつも稜、稜って、花森お前、マジでウザい」
「っ!?」
　フッと自嘲気味に笑って言われた瞬間、息が止まった。
「ごめん、ちょっとトイレ……っ」
　この場にいたくなくて、逃げたくて。
　岡田くんのほうには見向きもせず、トイレに走る。
　わたし、そんなにウザかった？　事あるごとにからかったり冷やかしたりしてきていたのは、わたしに"ウザい"って教えるため？
　じゃあ、稜ちゃんも本当はウザいって思ってる……？
　──パタン。
　力なくトイレのドアが閉まる。
　誰もいないトイレでひとり、手洗い場の蛇口を思いっきりひねって水を出したわたしは、排水溝に向かってぐるぐると吸い込まれていくその水を、しばらく放心状態で見つめていた。

『本当は、こうして俺といるところを稜に見られるんじゃないかってハラハラしてるだけなくせに』
　岡田くんの声が、頭の中で鳴り響く。
「……っ」
　たしかにそうだったんだと、いまならわかる。
　岡田くんが教室に一歩足を踏み入れた瞬間に感じた、猛烈にこっちにきてほしくないと思った、あの気持ち。
　……きっと怖かったんだ、わたし。
　もし誰かに見られでもしたら、って。
　放課後の教室にふたりきり、向き合って座って、おしゃべりしている──そんな様子を誰かに見られて、変な形で稜ちゃんの耳に入りでもしたら。
　それが怖かったんだ、わたし。
　だから、岡田くんの行動に無性にイライラして。
　あんなひどいことを……。
「──最低だ、わたし」
　口元を手で覆う。
　その指の隙間から、涙まじりの声が漏れていった。
「……ごめんね、岡田くん」
　岡田くんがウザいと思うのも当たり前だ。
　想いをひた隠しにして稜ちゃんを見つめるだけで、なにも行動に移さない臆病者なのに。
　そのくせ、岡田くんとふたりでいるところを見られて誤解されたくないと思うなんて。
　わたしは一体、どこまで自分勝手で独りよがりだったん

だろう……。
　そのあと、岡田くんに直接謝りたくて教室に戻ると、彼が座っていたはずの椅子は、きちんと元の場所に戻っていて。
　岡田くんのほうこそ、こんなわたしとは甲子園に行きたくないんじゃないかという気持ちが、胸の奥に刺すような痛みをもたらし、涙がこみ上げた。
　とぼとぼと自分の席まで歩くと、わたしの机の上にルーズリーフの切れ端が置いてあることに気づく。
　それを見て、こみ上げた涙が頬を伝っていった。
『てるてる坊主よろしく。あと、なんもしなくて悪かった。ウザいなんてうそだ、そんなの少しも思ってない』
　それは、岡田くんの走り書き。
　もともと右上がりで書く特徴ある字をもっと上げて、殴り書きに近い感じで、そう書いてあって。
「ごめんね……」
　教室に、わたしの涙声が小さく響いて消えていった。

　それからわたしは、黙々とてるてる坊主とお守りを作り続けた。
　いますぐ謝りに行きたいのに、どうしても動けない。遅れ気味なスケジュールと、突如舞い込んだてるてる坊主作りを言いわけに、教室から出られずにいた。
　吹奏楽部の部長を務めるココちゃんが中学時代から吹いている、彼女のお父さんが買ってくれたという愛用のトランペットの音色だろうか、音楽室のほうからぼんやりと聞

こえてくる切ないバラード曲に耳を傾ける。
　その曲を聴いているうちに、また涙がこみ上げてきて。
「……ごめんね」
　本人に伝えなければなんの意味もない謝罪の言葉をつぶやくと、涙も拭かないままに机に伏し、ゆっくりと目を閉じた。

　それからどれくらい時間が経ったのか。
　頭に柔らかな感触を覚えて机に伏していた顔を上げると、目の前に岡田くんの姿があって、思わずガタンッとうしろの席に椅子をぶつけてしまうくらい驚いて目を丸くした。
「どっ、どうして……」
「お。起きたか。さっきは悪かったな。部活終わったから帰ろうとしたんだけど、教室にメットを忘れたことに気づいて、取りに戻ってきた。俺、バイク通学だし、メットなきゃ乗れないし。そのついでに部活に戻ってこなかった花森の様子を見に寄ったら、なんか寝てたから。ついでに起こしてやろうと思って」
「あ、そ、そう……だったんだ、ごめん」
　ということは、あれから寝てしまったんだ、わたし。
　応援グッズ作りの遅れを取り戻そうと毎日遅くまで作業していたとはいえ、あんなふうに岡田くんとケンカしたあとによく眠れたな……。
　ほんと、どうしてこう、わたしは自分に都合のいいようにしか行動できないんだろうか。

こんな自分に心底あきれて、なにも言葉が出てこない。
　いまだって、きちんと謝るチャンスだったのに、先に岡田くんに謝られてしまった。
　というか、ケンカを吹っかけたのはわたしなんだから、岡田くんは謝る必要なんてないのに。
「あの、ご、ごめ──」
「そういや、花森にもう一個、伝言があったんだった」
　けれど、意を決して口を開いた謝罪の言葉は、ほぼ同じタイミングで話し出そうとしていたらしい岡田くんのそんな台詞で、途中で遮られてしまった。
「へ？」
「稜が下駄箱で待ってるって。一緒に帰るつもりだよ、アイツ。どうせ教室行くなら伝えてくれってさ」
「え……」
「稜のこと、あんまり待たせんじゃねぇぞ？　部活中も何気に心配してたみたいだしな。顔見せてやれよ」
「なん……で？」
　なんで稜ちゃんが、わざわざわたしを待つの？
「なんでって、雨だからなんじゃねぇの？　俺もよくわかんねぇけど。つーか、早く一緒に帰ってやれって。アイツ、待ちくたびれて風邪ひくぞ？」
　わたしの途切れ途切れの質問に苦笑いで答える岡田くんは、その表情の中にどこかさびしそうな色を含ませていた。
　さっき『いまの岡田くんとは、行きたくない』と口走ってしまったことが、胸に重くのしかかる。

やっぱりもう一度、ちゃんと謝ろう。
　そう思い、口を開くものの、
「ごめんっ、岡田くん、あの——」
「わかってるって。さっきの言葉、気にしてんだろ？　実際、なにも手伝ってないわけだし、花森がそう言うのも当たり前っつーか。俺だって花森やみんなと甲子園行きたいからさ」
「……うん」
　またしても言いたかったことを先に言われ、謝罪の言葉は最後まで言わせてはもらえなかった。
　思わずうつむいてしまったわたしに、岡田くんは、
「だーっ!!　そんな顔してっと、甲子園に行けるものも行けなくなるぞ!!」
　と言いながら、机に広げっぱなしにしていた針や糸、フェルトを片っぱしから集めだした。
　それでも動けずにいれば、チラリとわたしの顔をうかがった岡田くんは、
「ばぁか。気にすんなって。それより早く制服に着替えてこいよ。ここは俺が片付けとくから」
　そう言って、シッシッと手で追い払う仕草までする。
　こんなふうにされたら、もう着替えるしかないじゃん……。
　最後にもう一度だけ「ごめんね」と言うと、わたしはうしろ髪を引かれる思いながらも、制服を持って教室を出た。
　着替えて戻ると、当然、岡田くんは帰ったあと。
　応援グッズ作りの道具一式は、わたしの手提げカバンに

きれいに片付けられていて、チリチリと胸が痛む。
　それを手に取り、稜ちゃんが待っているという下駄箱に向かった。
　岡田くんはついぞ、わたしにきちんと謝らせてはくれなかった。
　本当にそれでよかったんだろうかと、非常灯のぼぅーっとした淡い光と火災報知器の赤いランプを頼りに下駄箱へと足を向かわせながら思う。
　スマホを見ると、もう19時近く。
　雨はいまだに、窓ガラスを打ちつけていた。
　下駄箱に着くと、暗い中でも見まちがうことのない稜ちゃんのうしろ姿があって。
「てるてる坊主できた？　つーかさ、マネージャー、いっつも寝すぎ！」
　わたしの足音に気づいて振り向いた稜ちゃんが、白い歯とかわいい八重歯をのぞかせて、屈託のないキラキラした笑顔を向けてくれる。
　思わず「うっ……」と喉を詰まらせたわたしは、
「あのね、岡田くんと──」
　そう言うが早いか、稜ちゃんのもとへ駆け出していた。

稜ちゃん

「傘、持ってる?」
「……あ。教室に忘れてきちゃった、取ってくる」
「いいよ、わざわざ。もう校門閉めるところなんだって。入っていけば?」
「……じゃあ、おじゃまします」

　稜ちゃんが広げた、ふたりで入るにはちょっと窮屈そうなビニール傘の中に体を縮めて入れてもらい、どしゃ降りの雨の中を並んで生徒玄関を出る。

　岡田くんとケンカをしたことを話そうとしたら、『本人から聞いたから、とりあえず帰ろう』と言われて。

　本当は、自分の中の汚い部分を痛感したばかりで、一緒の傘に入れる気分ではなかったけれど、『入っていけば?』なんて言われてしまったら、うれしく思わないわけがない。

　校門に向かう足をわたしの歩幅に合わせてゆっくりなものにしてくれる、さりげない気遣い。

　わたしが雨に濡れないように、わたしのほうにばかり傘を傾けてくれる、稜ちゃんの優しさ。

　触れ合いそうで触れ合わない、お互いの肩。

　その全部に罪悪感を覚えて、胸が痛い。

　ねえ稜ちゃん、この雨に打たれたら、わたしの汚い部分もきれいに流してもらえるのかな……?

　そしたら明日は笑えるかな?

わたしは稜ちゃんに優しく気遣ってもらえるほど、いい子じゃないんだよ。
　"稜ちゃんの好きな子"への罪悪感も、岡田くんと一緒にいるところを見られたくなかったという本音も隠して、いまもこんなにも稜ちゃんに胸をときめかせている。
「……岡田に言ったこと、気にしてるの？」
　そんな中、稜ちゃんがふいに口を開いた。
「一緒に甲子園に行きたいけど、本気じゃないいまの岡田とは行きたくない、ってやつ。気にしてる？」
「……うん」
「でも俺は、それはそれで良かったと思うんだよね。岡田さ、俺らがいくらマネージャーのことを手伝えって言っても全然聞く耳を持ってくれなくて、実はけっこう手を焼いてたんだよね」
「そうだったんだ……」
「うん。まあ、岡田本人からすると不本意なマネージャーの仕事なんだろうけど、俺らは今年で最後だから、どうしても岡田とも甲子園に行きたくて。でも、俺ばっかり熱くなってても甲子園には行けないじゃん。マネージャーも同じように熱くなってくれてて、なんかうれしかった。だから、この話はもう終わり。気にしなくて大丈夫」
「……うん、ありがとう」
　稜ちゃんになぐさめられて、少しだけ胸のつかえが取れる。
　だけど、罪悪感も本音も隠しているいまのわたしには、稜ちゃんのその言葉を素直に受け止めることができなくて。

自分の汚い部分ばかりが際立って思い起こされ、校門を抜けるまで、なにもしゃべれなかった。
　そんなときに目に留まった、見慣れた白い車。
「あれ？　お父さん？」
「どしゃ降りだから心配だったんじゃないの？」
「あ！　そうかも」
　どうやらお父さんが仕事帰りに迎えにきてくれていたらしく、わたしたちの姿に気づくと、お父さんはハザードランプを２回、ピカピカと点滅させた。
　急いで駆け寄り、助手席のドアを開ける。
「お父さん、ありがとう」
「もう学校を出たあとなんじゃないかと思っていたから、うまく落ち合えてよかった。ほら百合子、風邪ひくから早く乗って」
　そう言って早く車に乗り込むように助手席のシートをポンポンと叩いたお父さんは、
「稜くんも」
　と、今度は稜ちゃんにも、そう促す。
「いえ、俺は……」
「そう遠慮するなよ。知らない仲じゃないんだから」
「え、でも」
「いいから、いいから」
「……はい。じゃあ、すみません、おじゃまします」
　そうして、わたしは助手席に、稜ちゃんは半ば強引に後部座席に座らされて、お父さんが運転する車はゆっくりと

発進していく。
　相変わらずタバコくさい車内では、運転するときにいつも聞いているラジオが今日もかかっていて、いまはちょうど音楽番組の放送中だった。
　梅雨の時季だけに、しっとりとしたバラードのリクエストが多いようだ。
　スピーカーから聞こえてきたのは、雨の日に別れてしまった年上の彼女への恋心を歌った『Ｒａｉｎ』という曲らしい。
　切ない歌に思いがけず聞き入っていると、赤信号に引っかかったお父さんが、思い出したように稜ちゃんに尋ねた。
「ところで稜くん、自転車は？」
「あ、学校に。カッパ持ってないんで、今日は置いてきました」
「なんだ。じゃあ、いまから取りに戻ろうか？　明日の朝、学校まで大変だろう？」
「いえ、とんでもないですよ。乗せてもらってるだけで十分ですから。気にしないでください」
「そうか？」
「はい」
「じゃあ、明日の朝もこの調子だったら、百合子と一緒に乗っけてってやろうか？　な〜んてな」
　――バシッ！
「ちょっとお父さんっ！」
　ガハガハとカバみたいに大口を開けて豪快に笑うお父さ

んに、わたしの手と口が同時に出た。
　途中までは稜ちゃんとの会話に声を弾ませるお父さんに、楽しそうだなぁ……くらいにしか思っていなかったけれど、いくらなんでも、それはちょっと唐突すぎる。
　わたしたちはもう高３で、昔みたいにお互いになんでも一番に報告し合える仲じゃなくなってしまった。
　それをどうにかしたくて、"７年"に区切りをつけるための一歩を踏み出そうと、がんばりはじめたところなのに。
　それに今日は、部活で岡田くんとケンカをしてしまったことで、自分の汚い部分にとことん嫌気が差していて、なんならいますぐ消えたいくらいの気持ちでいる。
　だから、お父さんのその冗談めいた言葉も、うまく受け流すことができなかった。
「お〜。そんなんじゃ痛くもかゆくもないもんね〜」
「あんまり調子に乗らないで！」
「はいはい。百合子は母さんに似て怒ると怖いもんな。おっと青だ、さっさと帰ろう」
「もう知らないっ！」
　売り言葉に買い言葉。
　完全に八つ当たりなのはわかっているけど、無神経なお父さんに腹が立つあまり、自分でもなんて低レベルなんだろうと思うほどのバカげた親子ゲンカをしてしまう。
　もう43歳のお父さんは、このとおり、妙に子どもっぽいところがあって。
　お母さんに言わせれば、そこが魅力らしいんだけど、い

まはもう少し年齢に見合った態度を取ってほしい。
　稜ちゃんの前だから、とくに。
「誰に似たんだか怒りだしたら頑固(がんこ)でね、これがまた。稜くんも手を焼かされてないかい？」
　けれど、そんなわたしの気持ちなど知る由もないお父さんは、今度は稜ちゃんに話を振る始末。
「ははっ、どうでしょう？　俺はまだ怒られたこと……ぶはっ！　ないですから」
「一度怒らせてみるといいよ、おもしろいから」
「ぶふっ、そうみたいですね」
「……」
　稜ちゃん、なんでそこで話に乗るかな……。
　そして笑わないで。
　わたし、おもしろいことなんてひとつも言ってないよ、子どもっぽいお父さんに怒ってるんだよ……。
　車で走れば10分の家までの距離は、途中でわたしのお腹がぐぅ～と鳴ってしまったことで爆笑の嵐に包まれた。
　家に着いたときには、わたしはすっかり不貞腐(ふてくさ)れてしまっていて。
「送っていただいてありがとうございました」
「いやいや、百合子に傘をさしてくれてありがとう。濡れただろうから、すぐにお風呂に入ってゆっくり温まりなさい」
「はい。じゃあ、失礼します」
「おやすみ、稜くん」

「おやすみなさい」
　お父さんとそんな会話をして家へと帰っていく稜ちゃんに、"お疲れさま" さえ言えなかった。
　その後、お父さんに「最低っ！」と八つ当たりしたのは言うまでもなく。
　最低3日はまともに口をきいてあげないことを固く心に誓ったわたしだった。

「——あ、てるてる坊主……」
　それに気づいたのは、晩ご飯とお風呂をすませ、自分の部屋に戻ったあと。
　結局はかどらなかった応援グッズ作りを再開しようと、手提げカバンの中身をテーブルに広げたところ、てるてる坊主がぴょっこりと顔を出した。
　稜ちゃんに渡すの、すっかり忘れてた……。
「……どうしようかな」
　てるてる坊主を手に持ったまま、いまから届けに行こうか、明日にしようかと迷う。
　スマホに表示された時刻は21時5分。
　いまから届けに行くんだとしたら、ちょっと失礼にあたる時間だ。
　でも、せっかく作ったんだから、いま届けてもいいんじゃないかと思う気持ちも、少なからずある。
　稜ちゃんのリクエストなんだし、練習試合までに雨が上がらないのも嫌だし。

……というのは言いわけで、本当はさっき言えなかった"お疲れさま"の代わりに"おやすみ"を言う口実が欲しいだけなんだけれど。

　お向かいさんだし、それくらい言ってもいい……よね？
「あ」
　そんなことをグルグルと考えていると、ふとカーテンが目に入って。
「そういえば、今日はまだ開けてなかったっけ」
　窓辺に向かい、カーテンに手を伸ばした。
　まだ少し開けにくい気持ちはあるけど、区切りをつけようと思いはじめてからはとくに、意識してカーテンを開けるようにしているつもりでいる。
　——と。
「あ……っ」
　なんていう偶然なんだろう、カーテンを閉めようとしていた稜ちゃんとちょうど目が合って、わたしの胸はトクトクと高鳴りはじめた。
　稜ちゃんがガラガラと窓を開ける。
　わたしも急いで窓を開けて、少し身を乗り出す。
　パジャマ替わりなのか、ここから見てもだいぶヨレヨレのトレーナーを着ている稜ちゃんは、首にタオルもぶら下げているから、きっとお風呂あがりなんだろう。
　お互いの部屋から漏れる明かりで、まだまだどしゃ降りの雨のラインがはっきり見えた。
「——」

わたしと同じように少し身を乗り出した稜ちゃんが、口をパクパクと動かし、なにかしゃべっている。
　屋根に打ちつける強い雨音のせいで稜ちゃんの声が聞こえなかったわたしは、耳に手を添えてさらに身を乗り出した。
　すると、いったん部屋の中へと消えた稜ちゃんが手にスマホを持って再び窓辺に現れ、それを指さしながら、ほんのりと笑う。
"電話しよう"
　きっとそう言っているんだろう。
　なんとなく意味を察してスマホを手に取った瞬間、申し合わせたようにブーブーと振動しはじめて。
「も、もしもし……？」
　急いで通話ボタンをタップし、それを耳に押し当てた。
『おう。どうした？』
「あ、あの、てるてる坊主作ったんだけど、渡すの忘れてたから。いまから届けに行こうかどうか、考えてて」
『ああ！　そういえば、もらってなかったな』
「うん、お父さんのせいで渡しそびれちゃって」
　電波に乗って耳に届く稜ちゃんの声は、実際の声とはまた少しちがっている。
　目の前にいるのに電話で話すなんて、なんだかすごくふしぎな感覚だ。
　部活の連絡のこともあるから、部員同士、連絡先を共有し合ってはいるけれど。
　まさかこのタイミングで役に立つなんて、思いもしな

かった。
『あぁ～、あれは笑ったなぁ～』
「あんまり笑わないでよ……。お腹が鳴ったのはしょうがないよ、ペコペコだったんだから」
『ぶはっ』
「……」
　なにさ、稜ちゃんめ、なにもお腹をよじって笑うことないじゃん。
　どれだけおもしろかったのかは知らないけど、ちょっと笑いすぎだよ。
「……ねえ、そんなにおかしい？」
『悪い悪い。俺的にツボだったから、つい』
「つい、って……。それに、笑いながら謝られても……」
　いつまでも笑っていそうな稜ちゃんに、やんわりと〝もう笑わないで〟と言ってみるも、どうやらあまり効果はなかったらしい。
　お向かいの窓辺に立つ稜ちゃんは、いまだにお腹を抱えて肩を揺らしている。
『ほんと悪かったって。もう笑わないから。ごめん』
　電話口の声はそう言っているものの、その声と、ここから見える稜ちゃんの様子は一致しない。
『てるてる坊主さ……ふはっ』
　ほら、また笑うし。
「てるてる坊主がどうかした？」
『そこから投げてくれよ、いま欲しいんだけど』

少しムスリとして聞き返すと、そのとたん、スッと笑いを収めた稜ちゃんから、そんな言葉が耳に届く。
　それから少し、投げて、無理だよ、の問答を繰り返したけれど。
『冗談だって。明日、学校で渡してくれればいいから。それより俺は、なかなかカーテンが開かなかったから、もしかして泣いてるんじゃないかって心配だった』
「……え」
『帰るときにも言ったけど、気にしなくて大丈夫だから。俺らは３人とも、同じ温度で甲子園を目指してる。岡田はけっこう、あまのじゃくなヤツだから、なかなか伝わりにくいところもあるけど、本当に野球が好きだからいまも部にいるんだよ。マネージャーも、自分を責めるより笑ってほしい。それが、マネージャーの一番の仕事。……だから、笑って一緒に前に進もう』
　会話が途切れた瞬間、ひどく真面目な顔をこちらに向けた稜ちゃんが、優しい声色でそう言ってくれて。
「……うん、ありがとう」
　お礼を言ったその声は、涙で少し濡れていた。
　視界がぼやけて、稜ちゃんの顔が笑っているのかどうなのか、もうここからじゃわからない。
　本当はわたし、自分勝手で、臆病で、弱虫なままで。
　腹黒かったりもするし、区切りをつけるための一歩を踏み出そうとがんばっているつもりでいても、覚悟が全然足りなくて、まだまだ甘くて。

こんな自分なんて嫌いだって、いつも思う。
　でも、稜ちゃんが笑ってほしいって言ってくれたから。
　笑って一緒に前に進もうって言ってくれたから。
「──あの、稜ちゃん、前に言ってた野球用品を買いに行くって話、東高との練習試合のあとでどうですかっ!?」
　いま、ほんの少しだけ変われた気がする。
「よ、よろしくご検討くださいっ！」
　言い終わってからスマホを握る手がいまさらながらにカタカタ震えて、ひざもちょっと笑っているけど、でも、この間の返事をするならいましかないと思った。
　だから、岡田くんのときのように、後悔はしない。
　すると、電話口から、ふっと笑った声がして。
『……懐かしいな、それ。"稜ちゃん"って』
　稜ちゃんの穏やかな声が鼓膜を震わせた。
　その瞬間、かぁぁっと全身が熱くなって、完全に頭がまっ白になってしまったわたしは、
「えっ!?　あ!!　ごめんっ、おやすみなさいっ!!」
　──ガラガラッ！　シャッ！
　乱暴に窓を閉めて、カーテンも即座に引いた。
　思わずその場にペタリと座り込む。
　ドッドッと心臓が大きな音を立てて鳴って、いまにも蒸発してしまいそうなほど、身体中のどこもかしこも熱い。
　本当は"稜ちゃん"なんて言うつもりはなかった。
　心の中ではそう呼んでいるけれど、絶対に本人には言わないつもりだった。

それなのに、どうしたんだろう、わたし……。
『いいよ、その日で。楽しみにしてる。おやすみ』
　まだ通話中だったらしいスマホから聞こえてきた稜ちゃんの声は、それでもやっぱり穏やかで。
　それだけでわたしの胸はどうしようもなく甘く締めつけられる。
　電話が切れたあともしばらく、てるてる坊主とスマホを胸に抱きしめたまま、その場から動けずにいた。

ふたりの

　次の日もバケツをひっくり返したような大雨で、朝から薄暗い一日だった。
　てるてる坊主がまだわたしのカバンの中にいるからなのかな、なんて、本来の役目を全うする機会を放課後まで伸ばし伸ばしにしてしまったことを少し後悔する。
　笑ってほしい。笑って一緒に前に進もう。
　そう、稜ちゃんは言ってくれたけれど。
　一晩経って学校へ来ると、やっぱり昨日のことを思い出してしまって、うまく気持ちを切り替えられない。
　放課後、ザラザラとした後味の悪い気持ちを引きずりながら部活に向かうわたしの足は、ずっしりと重かった。
　今日も岡田くんと顔を合わせることが少しだけ嫌で、もしも岡田くんが部活に来なかったらと考えると、部室までの距離も、なかなか縮まってはくれない。
　それでもどうにか部室の前まで来ると、ノックする前に気持ちを落ち着かせようと、何度か深呼吸をした。
　昨日の電話で、つい"稜ちゃん"と言ってしまったから、稜ちゃんともなかなか顔を合わせづらい。
　昨日はちょっとおかしかったんだよ、わたし……。
　稜ちゃんには好きな子がいて、わたしはお向かいさんで、野球部のマネージャー。
　野球用品を買いに行くのだって、マネージャーのわたし

のほうが少し詳しいから。
　きっと、相談ができると思ってのことなんだろう。
　放課後までてるてる坊主を渡せずにいたのは、それなのに"稜ちゃん"なんて呼んでしまった自分が恥ずかしくて、どんな顔をして渡しに行けばいいかわからなかったからだ。
　強くなりたいと思っていても、これがわたしの現実で。
　情けないことに、いつまでも同じ場所で足踏みしている。
　でも、ここまで来たらやるしかない。
　普通に、普通に、いつもどおり。
　『お疲れさまです』って言って、中に入ろう。
　そうしてドアをノックしようとすると——。
「いつまでお前はそんなんなんだよ!?」
　中から大きな声がして、わたしの手はビクリと硬直した。
　え、岡田くん？
　なんで怒鳴ってなんか……？
　聞こえてきたのは、たしかに岡田くんの声。とても気が立っている様子で。
　問いただすような口調ということは、相手がいるんだろうけど、どうしてそんなことになっているのか、ちょっと理解が追いつかない。
「……なんのことだよ」
　そう答えた相手は、いったい誰なんだろう。
　ドア一枚隔ててしまうと誰の声なのかはっきりしないそれは、けれど岡田くんの感情的な声とは対照的で、疲れているような静かな声だった。

岡田くんは、いったい誰と話しているんだろう。岡田くんの怒鳴り声なんて、わたし初めて聞いたんだけど……。
　あまりの迫力に腰が引けていると、
「とぼけんじゃねぇっ！」
　再び、岡田くんの怒声が中から響いた。
　さらに、バンッと力任せにロッカーを叩いたらしい音が鼓膜を貫き、わたしの足に根が生えたように、ドアの前から動けなくなってしまった。
　立ち聞きみたいな真似をするつもりはないのに。
　どうしてだろう、どうしようもなく胸がザワザワと波打ち、ここから一歩も足が動かない。
「とぼけてねぇよ、俺にはいったい、なんのことだか」
「なんでだよ！　なんでそういうふうにしか言えない!?」
「うるせーな、俺にだっていろいろ──」
「お前の事情なんて関係ない。内心では俺のせいでやべーくらいにあせってるくせに、気取ってんじゃねぇっ。いつまでも俺がなにも起こさないと思うなよ？　そんなふうに、お前がモタモタしてるうちに俺がかっさらっても、文句は言えないこともわかるよな？」
　強い口調で責め立てられたその人は、ぐっと押し黙り、それからなにも言葉が出てこないようだった。
　岡田くんにこんなにも責められているのは、本当にいったい誰なんだろう。
　心がヒリヒリと痛むような言葉の連続に、耳も胸も痛い。
「……アイツ、昨日、ひとりで泣いてたんだぜ。自分が嫌

なヤツなんじゃないかって、自分の中の嫌な部分に押しつぶされそうになってた」
　やがて口を開いた岡田くんの声は、さっきまでとは打って変わって静かなものだったけれど、言葉の端々には威圧感が残っていて、いつまた感情を爆発させるかわからない、そんな危険をはらんでいた。
　そのとき、カチッ——と。
　昨日の自分の行動が岡田くんの台詞とリンクして、岡田くんが言う"アイツ"はわたしのことなんだと、そう、確信してしまった。
　でも、どうしてここまで、岡田くんがわたしのことで感情を高ぶらせることがあるんだろう。
　"俺がかっさらっても"だなんて、きっと相手に本心を言わせるための、ただの挑発だろうに……。
　けれど。
「お前にひとつ、宣言する。俺が花森をもらう。俺ならアイツを泣かせない」
　岡田くんの声が聞こえた瞬間、なにが起きたのか、なにを聞いたのかわからなくて、次の瞬間には頭がまっ白になった。
　差していた傘も持っていたてるてる坊主も放り投げて、雨の中を走り出す。
　アスファルトのくぼみに溜まった泥水が、紺色の靴下にバシャバシャと跳ね返る。
　夏服に変わったばかりのセーラー服も、雨に濡れてしお

れていく。ローファーの中も水浸しだ。
　走っているうちに、涙があふれてきて。
　でもそれがなんの涙なのか、自分でもよくわからなかった。
　ただ、心が抉られるように痛くて。
　痛くて痛くてどうしようもなくて。
「ごめん、ココちゃん……っ」
「百合!?」
「どうしたらいいか、わからなくて……」
　逃げるように部室の前から走り去ったわたしは、無意識のうちにココちゃんがいる音楽室に足を向かわせていた。
　一瞬にして楽器の音が鳴り止み、全身ずぶ濡れで泣いているわたしに部員たちの目が一斉に注がれる。
　ココちゃんはすぐに駆け寄って「行こう、百合」と肩を抱き寄せてくれた。そしてあ然とする部員たちに向かって「ちょっと抜けるね」と言い残すと、しゃくり上げるわたしの背中を優しく撫でながら教室まで連れて行ってくれて。
「岡田が告白でもしてきた？」
　と。
　驚いて目を丸くするわたしに「その顔だと、当たらずも遠からずって感じ？」と苦笑した。
「え、どうして……？」
「あたし、去年まで岡田とつき合ってたから。元カレがいま誰を好きかなんて、同じ高校の中にいるんだもん、それくらい簡単にわかっちゃうよ」
「……はぇっ!?」

あっけらかんとした口調でそう言われて、わたしの口からは間の抜けた声が飛び出していった。
　思わず涙も止まってしまうほどの衝撃告白。
　ココちゃんと岡田くんがつき合っていたなんて。それも去年まで。
　ちっとも気づかなかった……。
　前に聞いた『中学時代のふたりはとても仲が良かった』という話は、単に友人として仲が良かっただけではなく、恋人としてもそうだったんだといまさらながらに合点がいく。
　自分のあまりの疎さに、驚愕しかない。
「え、でも、どうして別れたりなんか……」
「岡田、去年の夏にひじを壊したでしょ？　そのときあたし、選手として野球ができなくなることがどういうことか、全然わかってなくて、うまく支えになってあげられなかったんだよね。それで一度大ゲンカして、すれちがいはじめて、いまにいたる──みたいな。……っていうか、あたしの話はいいの。百合の話、詳しく聞かせてよ」
「あ、うん」
　大きな瞳をふっと柔らかくして微笑むココちゃんに、改めて事の経緯を説明する。
　昨日の出来事、さっきの出来事、心に溜めていた思いを吐き出しているうち、いつの間にか窓の外はすっかりオレンジ色に染まっていて、教室で話し込んでいたわたしたちに、そっと雨上がりを告げていた。
「わたしは、岡田くんの言ったことがもしも本当でも、そ

の気持ちにはこたえられないよ。わたしにはやっぱり、稜ちゃんしかいないから」
　これが、わたしの本当の気持ち。
　岡田くんのことは好き。
　でもそれは、稜ちゃんを想う"好き"とはちがう。
　野球部の仲間としての"好き"だ。
　稜ちゃん以外の人を男の子として見たことがないし、これから先も見られないと思う。
「うん、わかってたけど、聞けてよかった」
　そう言ってココちゃんが優しく微笑んでくれた瞬間、雲間から注ぐ一筋の光が彼女の横顔に当たって、とてもきれいだった。

　その後、部活に戻るココちゃんと教室の前で別れ、わたしも野球部の部室へと再び足を向けた。
　笹本先生にも部員のみんなにも謝らないといけないし、放り出してきてしまった傘とてるてる坊主のその後も、どうなっているか、とても気になる。
　下駄箱で靴を履き替え、部室を目指す。
　その途中に空を見上げると、消えかかった大きな虹が目に留まって、思わず足を止めて見とれてしまった。
　あたりを見渡すと、雨に濡れて光り輝く草や木の葉、校舎の屋根に残る雨の跡や、雨上がり特有の湿った土の匂いがわたしの心をクリアにしてくれて。
「……ちゃんと向き合わなきゃ」

胸の前でぐっとこぶしを握り、部室へ急いだ。
　部室の前には、傘もてるてる坊主ももうなくて、そこには小さな水たまりがあるだけだった。
　おそらく岡田くんか誰かが片付けたのだろう。
　部活前に部室にいたのは岡田くんともう一人……いまだに誰だったのかはわからないけど、そのふたりだけだったし、みんなが来るまでには、まだ少し時間があったから。
　ドアノブに手をかけると、中からポーン、ポーンと壁にボールを打ちつける音が聞こえた。
　もしかしたら岡田くんかもしれないと、緊張が一気に高まっていく。
「……っ」
　ゴクリと唾を飲み込んで、ちゃんと向き合わなきゃという気持ちがしぼんでしまわないうちに、精いっぱいの明るい声を出して「遅くなってすみません！」とドアを開ける。
　――と。
「花森……遅かったな」
「あ、うん、ちょっと……。それより、みんなは？」
「雨が上がったから、学校出て走ってる」
「……そっか」
　そこにいたのは、岡田くんだった。
　薄暗くなった部室でひとり、椅子に座って壁にボールを打ちつけていたようだ。
　気が逸れて取り損ねたボールがわたしの足元まで転がり、コロンとつま先で止まった。

もしかしたらと思ったけど、やっぱりそうか……。

こういうときの勘は、なかなか外れてはくれないらしい。

「……」

「……」

ふたりとも、どういうわけか無言で。

なんとなく気まずくなり、手持ちぶさたで足元のボールを拾ったわたしは、それを手の中でコロコロと転がしながら、当たりさわりのなさそうな話題を必死で探した。

けれど、あせればあせるほど、なにも出てこなくて、微妙な空気の中を漂うたしかな緊張感に、じわじわと全身の感覚が麻痺していくようだった。

そんな中、ふぅー……と肩でひとつ大きく息をした岡田くんは、おもむろに立ち上がり、わたしの前までゆっくり歩いてくると、

「花森ってさ、俺の下の名前、なんだか知ってる？」

「……へっ？」

「いいから答えてみろよ」

意味深に笑って、そう言った。

言われた意味がわからず、岡田くんの顔をうかがうようにチラリと彼を見上げると、早く言えよとばかりに眉間にしわを刻まれ、うっ、と喉が詰まる。

なんだかよくわからないけど、どうやら答えなければいけないらしい。

とりあえず、答えてみよう。

岡田くんの下の名前……えっと、岡田、岡田……あれ、

どうしよう、名前が思い出せないんだけど。
「そこが稜と俺との決定的な差なんだよなぁ……」
　すると困り果てたわたしの頭上から、岡田くんのため息まじりのつぶやきが落ちてきた。
　どういう意味だろうと再び彼を見上げると、ははっ、と苦笑される。
「花森って、なんでそんなに無防備かねー。そんな顔で見るなよ、押し倒したくなるだろ」
「!?」
　本気なのか冗談なのか、どっちつかずな表情でとんでもないことを言われ、衝撃のあまり、手に持っていたボールをボトリと落としてしまった。
　いったいどうしたら、名前を答えられないことが『押し倒したくなるだろ』につながるんだろうか。
　岡田くんの頭の中が謎すぎて、眩暈がしてきそう……。
「まあ、冗談はここまでとして」
　岡田くんはボールを拾ってニンマリとした笑顔をこちらに向けると、スッと表情を引き締め、真剣な瞳でわたしを見据えた。
「花森もさっき部室の外にいたんだな。話になんねぇって思って俺が先に出てったら、ちょうど花森が走っていくところが見えて。ほっぽってたやつは、とりあえず俺が隠しておいたけど……俺が誰と話してたかとか、そういうの、わかってたりする？」
「……ううん。ドアが閉まってたから、誰の声なのか、はっ

きりはわからなかったけど……」
「そっか。タイミングなのかねー。いろいろ惜しい気もするけど、まあ、それならそれでいいか」
「へ？　あ、ちょっ……！」
　あんまり真剣な顔で尋ねるから、知られたくない相手と話していたのかと思っていたけれど。
　返答を聞いてフッと表情を緩めた岡田くんは、わたしの頭に手を乗せ、髪を乱暴にグシャグシャしだした。
　抵抗も虚しく、たちまち鳥の巣状態になっていく頭。ひととおり撫で回して満足したのか、やっと手を離してくれた。
　抗議しようと顔を上げると、乱暴な手つきとは裏腹に、岡田くんは切なげに瞳を揺らしていて。
「……でも、あのとき言ったのは俺の本心、花森が聞いたとおりだ。だから、今度花森が昨日みたいに泣くことがあったら、全力でかっさらいに来るつもり。俺とつき合いたくないならもう泣くな。わかったか！」
　目が合うなり、いつもの調子でそう言うと、笑った。
　……そうか、岡田くんは本気だったんだ。
　図らずも部室の前で立ち聞きする形になったとき、相手に本心を言わせるための挑発だと思い込んでしまったところがあった。
　けれど、目の前のその笑顔が、岡田くんが本気だったというなによりの証拠だ。
「う、うん。……気をつける」
　そうとしか言えない自分が情けない。

この期に及んで岡田くんを傷つけない言葉なんてひとつもないのはわかってはいるけど、もっとほかに言葉があるんじゃないかと無意識に探してしまう。
　わたしの想いを知っていながらどうして、こんなにもまっすぐに自分の想いを伝えられるんだろうか。
　稜ちゃんに好きな子がいるから、なんだ。
　"花森"や"マネージャー"と呼ばれるのが、なんだというんだ。
　どうしてわたしは、7年かかってもいまだにそう思えないんだろう。
　いまだって、目の前の岡田くんじゃなく、稜ちゃんのことを考えている。
　こんなわたしなんて、岡田くんに好きになってもらえるようなところなど、ひとつもないのに……。
「気をつける、か……。いまの俺には"ごめん"って言われるよりキツいなー、それ」
「……あ、ご、ごめっ」
「だから言うなって。もっとキツくなるし」
　困ったヤツだなと言いたげに苦笑し、岡田くんが頭を掻く。
　それから、ふと部室の壁掛け時計に目を向けると、
「あー、そろそろ稜たちが戻ってくるころだな。悪いけど、今日は先に帰るわ。明日からは元どおりにするから、俺の告白なんて早いとこ忘れちまえ！」
「あだっ！」
　なぜかわたしの額(ひたい)にデコピンを一発お見舞いした。

それから岡田くんは、傘とてるてる坊主をロッカーから取り出すと、わたしの手に押し付けるように渡しながら、ニヤリと意味深に笑って言う。
「つーか、誰が誰を想ってるか、わかってないのは想い合ってる本人同士だな。なんか俺、すげーバカみてぇ」
「は？」
「いや、こっちの話。んじゃ、お先ー」
　そうして岡田くんは、さっきよりも薄暗くなった外へと出ていった。
「あ、明日も部活、来る……よね？」
「当たり前だろ。花森こそサボんじゃねーぞ」
　思わず背中に尋ねれば、返ってくる相変わらずな言葉。
　それに笑って「うん！」と返事をすると、肩越しにチラリと振り返った岡田くんが、そんなわたしを見て満足そうに笑ってくれた。
　だから、さっきは言いそびれてしまった『ありがとう』も、たぶん伝わってくれたんじゃないかと思う。

　岡田くんが帰って少しすると、走り終えた部員たちが我先にと部室に押し寄せ、それほど広くはない部室の中はあっという間にぎゅうぎゅう詰めになった。
　てるてる坊主をどこに吊るそうか考えていたら、どうやら今日の部活が終わってしまったらしい。
　「女子禁制〜！」と追い出されてしまったので、部員たちが着替える間、とりあえず部室の外で待ちながら、てる

てる坊主の吊るし場所を考える。
　ものの10分で制服に着替えて帰っていく部員たちに「お疲れさま」「また明日」と声をかけながら見送れば、稜ちゃんを残して最後の部員が「お疲れっす」と頭を下げて帰っていった。
　いつもひとり残って部活日誌を書く稜ちゃんは、帰るのは決まって一番最後。
　いましかてるてる坊主を渡す機会はないだろうと思ったわたしは、その部員と入れ替わるようにして部室に入り、日誌に目を落としている稜ちゃんに「お疲れさま」と声をかけた。
「うん、お疲れ。部活に顔出さなかったけど、なんかあった？　具合悪くなってたとか」
「ううん、そんなことは」
「なら、よかった。マネージャーが部活に顔出さないなんて珍しいから、みんなもけっこう心配してたんだけど、なにもないならそれでいいよ。で、どうした？」
「あ、遅くなったけど、てるてる坊主、持ってきたから、どこに吊るそうかなと思って」
　そう言って、手に持っていたてるてる坊主の顔を稜ちゃんのほうに向ける。あんまりかわいい顔には描いてあげられなくて、自分の画力に多少落ち込みはしたものの、のっぺらぼうよりはマシだと思うことにしようと思う。
「サンキュ。じゃあ、こっちの窓に吊るしてもらえる？」
「うん」

こっち、と言われたのは、稜ちゃんが日誌を書いている席のまうしろにある窓。近くのパイプ椅子を拝借して、それに乗った。
　今週末は、東高との練習試合。
　どうか晴れますようにと、そう願いを込める。
「そういや、練習試合のあとに買い物につき合ってもらうって話だけど、マネージャーはそのあと、どっか寄りたいところとかある？」
「ううん、とくに考えてなかったけど、家に帰って着替える時間がもったいないなって思うから、そのまま制服で行こうかなとは思ってる」
「そっか。じゃあ、俺もそうしよ」
「うん、じっくり選びたいしね」
　稜ちゃんは日誌を、わたしはてるてる坊主を吊るしながら、小さな小さな約束を交わす。
　背中合わせの会話は、顔が見えないぶんドキドキするけど。
　きっといま、わたしの顔は赤いだろうから。顔に熱が集中して指先まで少し震えているなんて、そんな姿を見られる心配がないから、ちょっとホッとする。
　稜ちゃんに岡田くんとのことを話すつもりはなかった。
　聞かされたところで反応に困るだけだろうし、岡田くんとの間では、もう話がついている。
　帰り際に言っていたことが少し引っかかりはするけど、聞いたところで「俺、そんなこと言ったっけ？」なんて言われるのが関の山だろうし。

愛読者カード

お買い上げいただき、ありがとうございました！
今後の編集の参考にさせていただきますので、
下記の設問にお答えいただければ幸いです。よろしくお願いいたします。

本書のタイトル（　　　　　　　　　　　　　　　　　　　　　　　　　　）

ご購入の理由は？　1. 内容に興味がある　2. タイトルにひかれた　3. カバー（装丁）が好き　4. 帯（表紙に巻いてある言葉）にひかれた　5. 本の巻末広告を見て　6. ケータイ小説サイト「野いちご」を見て　7. 友達からの口コミ　8. 雑誌・紹介記事をみて　9. 本でしか読めない番外編や追加エピソードがある　10. 著者のファンだから　11. あらすじを見て　12. その他（　　　）

本書を読んだ感想は？　1. とても満足　2. 満足　3. ふつう　4. 不満

本書の作品をケータイ小説サイト「野いちご」で読んだことがありますか？
1. 読んだ　2. 途中まで読んだ　3. 読んだことがない　4.「野いちご」を知らない

上の質問で、1または2と答えた人に質問です。「野いちご」で読んだことのある作品を、本でもご購入された理由は？　1. また読み返したいから　2. いつでも読めるように手元においておきたいから　3. カバー（装丁）が良かったから　4. 著者のファンだから　5. その他（　　　）

1カ月に何冊くらいケータイ小説を本で買いますか？　1. 1～2冊買う　2. 3冊以上買う　3. 不定期で時々買う　4. 昔はよく買っていたが今はめったに買わない　5. 今回はじめて買った

本を選ぶときに参考にするものは？　1. 友達からの口コミ　2. 書店で見て　3. ホームページ　4. 雑誌　5. テレビ　6. その他（　　　）

スマホ、ケータイは持ってますか？
1. スマホを持っている　2. ガラケーを持っている　3. 持っていない

学校で朝読書の時間はありますか？　1. ある　2. 今年からなくなった　3. 昔はあった　4. ない

ご意見・ご感想をお聞かせください。

文庫化希望の作品があったら教えて下さい。

学校や生活の中で、興味関心のあること、悩みごとなどあれば、教えてください。

いただいたご意見を本の帯または新聞・雑誌・インターネット等の広告に使用させていただいてもよろしいですか？　1. よい　2. 匿名ならOK　3. 不可

ご協力、ありがとうございました！

郵便はがき

お手数ですが
切手をおはり
ください。

１０４－００３１

東京都中央区京橋1-3-1
八重洲口大栄ビル7階

**スターツ出版（株）　書籍編集部
愛読者アンケート係**

(フリガナ)
氏　名

住　所　〒

TEL　　　　　　　　　　　　　携帯／PHS

E-Mailアドレス

年齢　　　　　　　　　　　　　性別

職業
1. 学生（小・中・高・大学(院)・専門学校）　　2. 会社員・公務員
3. 会社・団体役員　　4. パート・アルバイト　　5. 自営業
6. 自由業（　　　　　　　　　　　　　　　　　）　7. 主婦　　8. 無職
9. その他（　　　　　　　　　　　　　　　　　　　　　　　　　　　）

今後、小社から新刊等の各種ご案内やアンケートのお願いをお送りしてもよろしいですか？
1. はい　　2. いいえ　　3. すでに届いている

※お手数ですが裏面もご記入ください。

お客様の情報を統計調査データとして使用するために利用させていただきます。
また頂いた個人情報に弊社からのお知らせをお送りさせて頂く場合があります。
　　　個人情報保護管理責任者:スターツ出版株式会社 販売部 部長
　　　　　　　　　　　　　　連絡先:TEL 03-6202-0311

とにかくいまは、岡田くんがくれたまっすぐな想いを踏みにじらないよう、わたしも毎日をまっすぐ前を向いて進んでいくだけ。
「……よし、終わった」
　気持に区切りをつけると同時に、稜ちゃんが日誌をパタンと閉じる音がした。
　わたしもてるてる坊主を吊るし終わったところで、出来栄えをたしかめてもらおうと振り返ると、こちらを見上げている稜ちゃんとバッチリ目が合う。
「ど、どう？」
「……あー、なかなか個性的なてるてる坊主で」
「そ、そうですか……」
　絵心がまったくないのはわかっていたけど、実際に言われると、けっこうこたえるなぁ。
　こんなに微妙な反応になるなら、調子に乗って顔なんて描かずに、稜ちゃんに描いてもらえばよかった。
「うそだよ、めっちゃご利益ありそう」
　思わず肩を落としていると、ぷっと吹きだした稜ちゃんがてるてる坊主を見上げて言う。
「本当に？」
「ほんと。晴れろ、って念がこもってる」
「……なんかそれ、呪ってるみたいで、ちょっと嫌なんだけど」
「ぶふっ」
「……」

もう。笑わないでよ、真剣に描いたんだから。
　これでもわたしの精いっぱいであり、これがわたしの精いっぱいでもあるんだから、あんまり笑ってると、今度なにか頼まれても作ってあげなくなっちゃうよ。
　抗議の意味を込めてぶすっと頬をふくらませながら、椅子から下りて、それを元の位置に戻す。
　そんなわたしの様子を見ながら、まだおかしそうに笑う稜ちゃんは、きっとわたしが、笑われようが、なにをされようが、稜ちゃんに頼まれれば絶対にことわれないことなんて、知らないんだろう。
「……あ、なあ、今日は夕方には雨が上がったから、おじさんは迎えに来ないよな？」
　すると、ひととおり笑って気がすんだのか、帰り支度をはじめながら稜ちゃんが尋ねてきた。
　その顔がいつもと少しちがうように見えるのは、わたしの気のせいなんだろうか。
　なにかにあせっているような気もするし、そうじゃない気もして……なんだか複雑そうなその表情に少しだけ違和感を覚える。
「また乗ってく？　自転車のうしろ」
「えっ？」
「迷惑じゃなければ、送らせて。暗くなってきたし、心配だから」
　けれど、そう言った稜ちゃんの顔には、ふと感じた違和感の欠片はどこにもなく、ただまっすぐにこちらを見つめ、

わたしの返事を待っていた。
「……うん、じゃあ、そうしてもらおうかな」
「わかった。笹本先生に日誌渡してくるから、校門の前で待ってて」
「うん」
　稜ちゃんは閉めた部室の鍵と日誌を持って職員室へ向かい、わたしは言われたとおり校門の前で待つことにした。
　稜ちゃんを待つ間、星が輝きだした空を眺める。
　久しぶりに見たきれいな星に感嘆のため息をこぼしつつ、そういえば、さっきみたいに稜ちゃんがさり気なく心配してくれたことがあったっけ、と思い出す。
　たしかあれは、小学３年生のとき。
　ゴールデンウィークに稜ちゃんの家族と一緒に出かけた水族館でのこと。
　イルカに夢中になりすぎて、いつの間にかお母さんたちとはぐれてしまって。
　稜ちゃんがわたしを探しにきてくれたことがあった。

「お母さん？　お父さん……？」
　ふと気づくと、わたしのまわりは知らない大人たちでごった返していて、不安げに辺りをきょろきょろ見まわすわたしに気づくことなく、何組ものカップルや家族連れが楽しそうにとおり過ぎていった。
　普段はこんなに混むことも珍しいくらいの小さな水族館

だけど、大型連休のその日、通路は来場客でパンパンに混み合い、身動きも取れないくらいだった。
「稜ちゃ〜ん、どこ〜……？」
　そんな中を必死に両親と稜ちゃんの姿を探すわたしは、あまりの人の多さに恐怖すら感じて、半べそで。
「どこにいるの〜……」
　あせりと不安に、ちょっとはぐれたくらいで泣いたらダメだと自分に言い聞かせれば言い聞かせるだけ、半べそがいよいよ本泣きに変わる。
　そんなとき、運悪く団体客の渦に飲み込まれてしまい、さらにたくさんの人が目の前に押し寄せてきて。
「あっ……」
　あれよあれよという間に、わたしがいるイルカの水槽の前に人だかりができてしまった。
　小学3年生のわたしの体は、団体客に押し込まれるような形で水槽の前へと押され、集団の中にすっかり紛れてしまう。
「イルカ、かわいいわねぇ」
「あっ！　いま、あのイルカこっち見たわよ！」
　そんな声を頭の上で聞きながら、いまにも涙があふれそうになった。
　その水族館は水槽がドーム状になっていて、天井を見上げれば、右へ左へイルカが行き交う姿が見られる造り。
　一緒に泳ぐ感覚を味わってもらいたい、というコンセプトのもと、わたしも例に漏れずに夢中でイルカが泳ぐ姿を目で追っていたんだけど。

「押さないで、苦しい……」
　イルカを見上げる人たちには、足元に小学3年生のわたしがいることなど、なかなか気づいてもらえない。
　だけど、わたしを見つけてくれた人が、たったひとり。
「百合ちゃん！　大丈夫!?」
「稜ちゃ……」
「こっち！」
　わたしの手をグイッと引き、団体客の渦から助け出してくれた稜ちゃんは、そのまま手をつないで順路とは逆の方向にずんずんと歩きはじめた。
「やっぱり百合ちゃん、ここにいたんだね。お母さんたち、すごい探してるから、早く戻ろ」
　つなぐ手の力をキュッと強め、稜ちゃんが言う。
　そのころはまだ稜ちゃんを"男の子"として意識してはいなかったけど、しっかり握られた熱いくらいの手に、どういうわけか急に恥ずかしくなってしまって。
「あっちのクラゲのほうにお母さんたちが……」
「放して。ひとりで行けるから」
　稜ちゃんの言葉を途中で遮り、わたしはその熱いくらいの手を思わず振り払ってしまった。
　"もう迷子にならないように"とつないでくれた手だったんだろうけど、稜ちゃんと比べて自分があまりに子どもっぽくて、恥ずかしくて。
「ご、ごめん……」
「わ、わたしも……」

"ごめん"
　そのひと言が、どうしても言えなかった。

　どうして急にこんなことを思い出したのか、自分でもわからないけれど。
　あのとき振り払ってしまった稜ちゃんの手を、いまではわたしのほうからつなぎたいくらい。
　そんな日が来たらいいなと、そう思う。
　稜ちゃんに好きな子がいることは、もうずいぶん前からわかっていたこと。
　いまさらどうにもならない。
　でも、稜ちゃんとなら、"7年"に区切りをつけたあともなにかしらの形でつながっていられるんじゃないか……。
　都合のいい考えだけど、そう思えば、いまよりも少しだけ前を見て進めそうな気がしてくる。
　星を見上げて、ひとつ息を吐く。
　明日も晴れるだろうか。
「おまたせ」
　聞き慣れたその声に振り返ると、稜ちゃんが立っていた。
「帰ろうか。乗って」
「うん、ありがとう」
　星空の下をわたしを自転車のうしろに乗せた稜ちゃんがゆっくりとペダルを漕ぎだしていく。
　帰り道、風を切って走る稜ちゃんの背中で吸い込んだ空気は、まだ少し雨上がりの匂いを残していた。

2度目の

　あまり心配していなかった、という表現は語弊があるものの、翌日も翌々日も宣言どおり部活に顔を出してくれた岡田くんを見て、心底ホッとした。
　帰り際に言っていた意味深な台詞のことを尋ねると、案の定「俺、そんなこと言ったっけ？」とあっけらかんと言われて拍子抜けしたし、態度も言動も普段の皮肉っぷりそのままで、逆に調子がよさそうに見えたりもして。
　岡田くんの顔を見ると胸が痛んだりもするけれど、しっかり前を向いて進もうと、その胸の痛みに誓った。
　てるてる坊主の効果だろうか。
　雨は降ることを忘れたようにぴたりと止み、夏の訪れを思わせるいい天気が続いている。
　そのおかげでグラウンドで練習ができるようになった部員たちは、ランニングやノック、投球練習に守備練習と、久しぶりの本格的な練習メニューにうれしそうに取り組み、そんなみんなの様子を見ているわたしも、自然と頬が持ち上がっていった。
　そうして土曜日、練習試合当日。
　今日も天気は快晴で、日なたにいると、もう夏だと錯覚してしまいそうなくらいに暑い。
　試合の内容も気温に比例して、熱い展開になっていった。
　対戦チーム・東高校の攻守にわたる名プレーに、青雲ナ

インはなかなか得点させてもらえない。

　やきもきする気持ちを抱えながらの応援やデータ収集は、なかなか心臓に悪い。

　青雲も強くなったけど、東高校もこの約1年の間にぐんと力をつけていたようだ。

　去年の夏、予選大会の1回戦で戦ったときは5回コールドの快勝を収めることができた青雲は、今回も【3－0】で勝利を収めることはできた。

　けれど、東高の野球のレベルが上がったことを終始見せつけられた試合、という言葉に尽きる結果に終わった。
「ひょっとしたら今年の大穴かもしれないな。青雲もうかうかしてられないぞ……」

　試合のあと、笹本先生もそうもらしながら熱心にペンを走らせていたし、稜ちゃんをはじめ、試合に臨んだ部員も応援に回った部員も、みんなそれぞれに難しい顔をしていて。

　顧問の先生が大風邪を引いてしまい、たまたま部活が休みになって応援に駆けつけてくれたココちゃんも、「東高ってこんなに強かったっけ!?」と目を丸くしていた。

　試合中、去年までつき合っていたというココちゃんと岡田くんの様子が気になり、一緒にいて気まずくないかな……と何度となくふたりを見てしまったりもしたけど。

　どうやらそれは、わたしの取り越し苦労だったらしく、笑い合ったり、ときどき、ちょっかいを出し合ったりしながら、最終的には今年の甲子園出場校はどこになるかという話で盛り上がっていた。

「俺らに決まってんだろ！」
と言う岡田くんに対して、
「じゃあ、甲子園で最高のトランペット吹いてやろうじゃないの！」
と、ココちゃんも応戦。
そんなふたりの様子を見て、前向きな別れだったんだなと、微笑ましく思ったし、ホッとした。

グラウンドの整備やミーティングが終わり、今日の部活が終了した。
日誌を書いてから来るという稜ちゃんと校門前で待ち合わせ、その足で電車に乗る。
目的地は、２週間くらい前にリニューアルオープンのチラシが入っていた大型複合ショッピング施設。
書店、雑貨店、服屋さんに飲食店などはもちろん、映画館まで併設されていて、近いうちに行ってみたいと思っていた場所だった。
そこにはもちろん、今日の目的であるスポーツ用品店もテナントブースの一角を飾っていて、稜ちゃんの話だと、品ぞろえがとにかくすごいらしい。
リニューアルオープンと週末が重なったこともあり、中はもう人、人、人。
「すげーな……」
「……うん」
まっすぐ歩くのも困難なほどの混雑ぶりで、家の近くに

スーパーくらいしかないわたしたちは、お祭りさながらの人出に気後れしながら入口の自動ドアをくぐった。
　案内板で確認すると、目的のスポーツ用品店は、どうやら３階にあるらしい。
　人混みを掻き分けるようにしてエスカレーター乗り場に向かいながら、稜ちゃんがチラリとわたしに視線を送る。
　どうしたんだろうと思っていれば、
「……なんか、はぐれそうで怖いな」
「え、キャプテンが？」
「マネージャーが。まあ、はぐれたとしても絶対に見つけるけど、ちょっと時間がかかるかもしんないし」
「……っ！」
　なんだかすごくドキドキするような発言をされて、一気に顔に熱が集中してしまった。
　いやいや、この人混みの中ではぐれたら探すのが大変だよねっていう意味以外に、深い意味はないから。
　都合よく解釈している自分が恥ずかしくて、邪念を追い払うように、ふるふると首を振る。すると。
　──ドンッ。
「あっ、すみませんっ」
　うつむいていたせいで前から来た人に気づかなかったわたしは、すれちがいざまに肩がぶつかってしまった。
　その人とは、すみませんと会釈し合い、事なきを得たのだけれど、
「手、つないどくか」

「……えっ!?」
「本当にはぐれたら心配だから」
　事の一部始終から、どうやら本気でわたしがはぐれてしまうんじゃないかと危惧(きぐ)したらしい稜ちゃんに左手を取られ、そのままクイッと体を引かれた。
　あまりに突然の出来事に、心臓があっちこっちに飛び跳ねる。
「あ、ありがとう……」
　やっとそう言えるまで、どれだけ苦労したんだろう。
　わたしの手をすっぽりと包み込む稜ちゃんの手は、この前手当てしたときにはよくわからなかったけど、ゴツゴツというか、ホネホネというか。大きくて分厚くて、野球ダコも感じる。
　——この手に守られる女の子は、いったいどんな子だろう。
　無意識に想像して、少し落ち込んでしまった。
「よし、着いた。俺、先に売り場に行ってるから、マネージャーは適当にブラブラしながら来て」
「え、あ、うん」
　エスカレーター乗り場に向かう間も、乗っている間もつながれていた手は、スポーツ用品店の前で唐突に解かれた。
　どこかあせっているふうな稜ちゃんは、そう言い残すと足早に店内に駆けていった。
　ぽつんと取り残されたわたしは、相談しながら買いたかったんじゃなかったの？と、稜ちゃんの謎の行動にしばし首をかしげる。

「……ていうか、本当にブラブラしたほうがいいのかな」
　なぜかはわからないけど、なんとなく一人にしてほしそうな雰囲気を稜ちゃんから感じて、なかなか追いかけられない。
　商品を見て回ろうにも、運動音痴な自分には場ちがいな気がして、妙にソワソワしてしまう。
　観戦や応援が専門のわたしは、こんなふうに用事がなければスポーツ用品店にはまず訪れない。
「とりあえず、トイレに行こ」
　ぽつりとつぶやき、踵を返す。
　トイレに行って戻ってくるのも"適当にブラブラ"のうちに入るだろう。場ちがい感にソワソワする時間も減るし。
　そうしてトイレから戻ると、稜ちゃんのまわりには数人の女の子の姿があって、一気に胸がざわついた。
　……え、これってもしや、ナンパとかいう!?
　制服を見たところ、どうやら彼女たちはこの施設の近くにある女子高の生徒らしいけど。
　なんか、女の子が数人集まると、いろいろすごい……。
「どこ高の生徒なんですか？」
「何年生ですか？」
「今日はひとりで来たんですか？」
　彼女たちの口からそれぞれに飛び出してくる質問の嵐に引き気味の稜ちゃんは、苦笑いを浮かべて困惑していた。
　『うちのキャプテンになにしてるんですか！』と颯爽と助けに入れたらよかったんだけど、同じ女子高生でも、数

人対 1 人は分が悪すぎる。
　どうしよう、どうしようとオタオタしているうちに、とうとう痺れを切らしたらしいひとりの子が「あっちでお茶しましょうよ！」なんて言って稜ちゃんの手を強引に取って店の出口のほう——つまり、わたしがいる方向へと足を向かわせてしまった。
　その瞬間、なにかの導きのように絡まった視線と視線。
　目を見開き固まる稜ちゃんと、視線を逸らすわたし。
　なにも知らない女の子たちだけが、どこのお店に入ってなにを飲もうか、楽しそうに相談している。
「あ、ゆ、百合——」
「ごめん、ちょっと用事思い出しちゃって……っ！」
　稜ちゃんの声を遮り、それだけ言うと踵を返した。
　本当は用事なんてないし、こうして逃げるように立ち去ることもない。
　稜ちゃんは女の子に無理やり連れていかれようとしていただけで、適当に言葉を濁して関わり合いにならないようにしていた。
　稜ちゃんはなにも悪くない。
　それなのに、どうしてこんなにヒリヒリと胸が痛いんだろう。
　どうしてわたしのほうが逃げているんだろう。
「待って、いまのは、ほんとになにも……」
　稜ちゃんに追いつかれ、腕を取られる。
「……うん、途中から見てたから、わかる。わかるけど」

「わかるけど、どうした？」
「……っ。ううん、なんでもない」
「でも」
「本当になんでもないよ。なんでもないから」
　きゅっと唇をかみしめ、喉まで出かかった言葉を飲み込む。
"さっきまでわたしの手を握っていたその手を、ほかの女の子に触られたりしないで"
　そんな身勝手な感情が自分でも抑えきれないくらいにふくらんで、そんな自分が嫌でたまらない。
　でもわたしは、稜ちゃんの"好きな子"じゃないから。
　ただの幼なじみで、家がお向かいさんで、稜ちゃんを追いかけて同じ高校に入って勝手に野球部のマネージャーをしている。ストーカーみたいなものだから。
　そんなことを言う資格も、思う資格すらない。
「……帰ろっか。この間は買い物につき合ってほしいって言ったけど、すぐに目当てのものが見つかって買えたから。ほかに寄りたいところがなければ……だけど」
「そっか、買えたんなら、わたしももう用事はないよ」
「うん」
　つかんでいた腕が離され、自由になる。
　「行こ」と小さくつぶやいた稜ちゃんが、両手を制服のポケットに入れて歩き出す。
　なんでこんなにうまくいかないの……。
『いつなら時間ある？』
『できれば近いうちに』

誘ってもらえてうれしくて。
　この間、やっとのことで返事ができて。
　そうして今日、また一緒に出かけることができたのに。
　わたしの身勝手な嫉妬のせいで、稜ちゃんに嫌な思いをさせて、こんなふうに台無しにして。
　どうしてわたしって、こうなんだろう……。

　気まずさと後悔を抱えながら帰った道のりの途中では、さっきまではあんなに晴れていたのに急に大粒の雨が降りだした。
　たまらず入ったコンビニで傘を買う。
　買った傘は、ふたりで２本。
　きっとそれが、わたしたちの距離。

流れ星と

「ああ、もう……」

夜になって、ますます落ち込む。

帰る途中で降られた雨は、にわか雨だったようで、家に着くころには傘はもう必要なくなっていた。

「じゃあ」、「うん」、と短い言葉を交わして家のドアを開けたわたしは、何度目かもわからない重苦しいため息をついてクッションに顔を埋めている。

手にはスマホ。

謝りたくて。でも怖くて電話もできなくて。

それならメッセージにしようかとも思ったけれど、どう文章を作ったらいいかと悩んでいるうちにすっかり夜になってしまい……。

いまにいたっている。

「ああ、もう……」

と、もう一度、重い気持ちを吐き出したときだった。

「っ！」

ピリリリッとスマホが鳴り、明るくなった画面に表示された【長谷部稜】という名前に、息が止まった。

一瞬、気がつかなかったことにしようかとも思ったけど、そういえば、帰ってからカーテンを開けたんだったと思い出す。

きっと、わたしが部屋にいることをわかって電話をかけ

てきたんだろう。
　稜ちゃんからの着信が切れてしまう前に、どうにかこうにか気を落ち着け、通話ボタンを震える指でタップする。
「……もしもし」
『俺。今日はごめん、変なとこ見せて』
「…ううん、わたしこそ、変な態度でごめん」
　それからしばらく途切れた会話。
　無言の間が痛くて、うまく息ができない。
　思い返しても、本当に最低な態度だったと思う。
　"さっきまでわたしの手を握っていたその手を、ほかの女の子に触られたりしないで"なんて、どうして当たり前に思えたんだろうと、いまでも理解できない。
　途中から見ていたから、わかる。
　稜ちゃんはあの女の子たちを拒否していたし、もしかしたら、なかなか姿を現さないわたしを探しに行こうとしていたのかもしれない。
　なんでわたしから行けなかったんだろう。
　泣くのはまちがいだと感じながらも、気持ちとは裏腹にじんわりと涙が浮かび、鼻の奥もつーんと痛くなる。
　にわか雨に降られて、それぞれ買った２本の傘。
　家に入ったとき、玄関の傘立てに無理やり押し込んでしまったあの傘が今さら気になって仕方がない。
　どうして稜ちゃんが謝るの。
　謝るのはわたしのほう。
　彼女でもないのに身勝手な嫉妬で困らせているのは、わ

たしなのに。
　なんでそんなに優しいの……。
『窓、ちょっと開けてもらってもいい？』
　すると、突拍子もなく稜ちゃんが言った。
　窓を開けてなにをするのかはわからないけど、そうするということは、この間の雨の夜みたいに、お互いに姿を見ながら電話をするということだ。
「……や、やだ」
『少しだけ』
　——会いたくない。
「いま、すごくひどい格好だから」
『窓辺に立つのに格好なんてそんなにわかんないよ』
　——顔を見られたくないんだよ。
「……ほんと、いまだけは無理。買い物のときのことなら、ちょっとびっくりしちゃっただけだから。ナンパとか初めて見たし、相手がキャプテンだし。モテるのはわかってたけど、実際に見たら、なんか腰が引けちゃって」
『好きな子にモテなきゃ意味ないよ』
　——それは"稜ちゃんの好きな子"に、でしょう？
『ねえ、窓開けて』
「だからいまは無理だってば」
『開けてくれないなら、いまからそっちに行く。どれだけひどい格好か、ちゃんと見に行く』
「そんな……っ」
　思わず立ち上がり、窓の外へと顔を向けてしまう。

すると、スマホを耳に押し当て、じっとこちらを見つめている稜ちゃんの姿が目に飛び込んできて。
『なんだ、べつにひどい格好じゃないじゃん』
　しまった、と思ったのと同時、ふっと笑った声が電話口から聞こえて、悔しくて下唇をかみしめた。
　ひどいよ、稜ちゃん……。
　どうやらうまく誘導されてしまったらしい。
『そのまま窓の近くに立って、窓開けて』
　こうして姿を見られてしまったら、もう逃げられない。
　稜ちゃんに促されるままに窓辺に向かい、ガラガラと建て付けが甘くなってきた窓を開けて向かい合う。
『隣に人が来た気配がしたから、てっきりマネージャーだと思ってさ。どう？って聞いたら、全然ちがう人だった』
「え？」
『これ、イメージにぴったりだったから、衝動買い』
　その声が聞こえたのとほぼ同時。
　稜ちゃんがヒュッとこちらに向けてなにかを投げて、街灯の明かりに反射して一瞬だけキラリと光ったそれが、寸分の狂いもなくわたしの手の中に納まった。
『あげる。じゃあ、おやすみ』
「えっ、あ、ちょっ……」
　──ブツン。ツー、ツー、ツー……。
　声を発するが早いか、通話は一方的に切断される。
　稜ちゃんは呆然と立ち尽くすわたしに構うことなく、窓もカーテンも閉めてしまった。

「なんだったんだろう……」
　それでも、手の中にはたしかな重みがあって。
　いまさっき握った手を開いてみると、本物だろうか、四つ葉のクローバーを樹脂で加工した直径3センチほどの小さなキーホルダーが顔を出す。
「あっ……」
　声を漏らしたあとは、もうなにも言葉が出てこなかった。
　イメージにぴったりだったから思わず衝動買いしてしまったという、このキーホルダー。
　それはおそらく、わたしの、ということなんだと思う。
　でもね、稜ちゃん。
　なんで、勘ちがいしてしまうようなことをするの？
　稜ちゃんには好きな子がいるはずでしょう？
　ただのマネージャー相手に、こんなの反則すぎる。
「ううっ、好きだよ、稜ちゃん……」
　それでも好きで。
「こんなに好きで、ごめん……」
　好きで、好きで、大好きで。
　だからそのぶん、うれしいけど、切なくて胸が痛い。
　キーホルダーを胸に抱いて、嗚咽を漏らした。

　高校最後の夏がはじまろうとしていた。

咲・7月

たなばた

　あれから稜ちゃんとは、ずっと気まずい。
　具体的にどこがとか、なにがというわけではないけれど、ぎくしゃくした感じがずっとあって。
　そんなわたしの心情を現してくれているのか、空は思い出したように大粒の雨を降らせた。
　なかなか明けない梅雨が続いている。
　そんな中でも、いつもどおりに毎日は始まり、終わっていく。
　いよいよ期末試験本番、ココちゃんとわたしは教科書を穴が開くほど見つめる毎日を過ごしていた。
「ねえ百合、気持ちはわからなくもないけど、百合がずっとそんなんだったら、長谷部くんだってどうしたらいいかわからなくなっちゃうって。告白しろとまでは言わないよ。だけど、このままでいいはずないって思ってるんだったら、なにか行動しないと」
「うん、そうなんだけど……」
「だいたいさ、手をつないで気まずくなっちゃうって意味わかんないし。あたし、前にも言ったでしょ？　目をそらしてばかりいないで、ちゃんと"長谷部くん"のことを見てあげなよって。いま一番見てないのは百合だからね」
「うん、それもわかってる」
「で、キーホルダーは結局どうしたの？」

「……カバンにつけた」
「ほんっと、百合って子は……」
　勉強の合間にする会話は、ココちゃんからのお説教がほとんどで、正確に数えてはいないけど、同じようなことを、もうかれこれ5回は言われている気がする。
　本当は進路のことを真剣に考えなきゃいけない時期。
　だけど実際のところは稜ちゃんのことで頭がいっぱいで、勉強になんかほとんど手がつけられない。
　それに、もうすぐ甲子園の地区予選が始まる。
　間に合うか微妙な感じに遅れてしまっている応援グッズ作りの進捗状況についても、どうしようと頭を悩ませることが多くなっていた。
　四つ葉のクローバーはなんとか全員ぶん集まったけど、梅雨だからなかなか乾いてくれないし、千羽鶴も半分くらいしかできていない。
　予選までにちゃんと間に合わせられるのか、心配……。

　そうして気を揉んでいるうちに、試験はなんとかやり過ごすことができた。
　試験期間中は休みだった部活も解禁になり、校内はまた活気のあるいつもどおりの様子に戻っていった。
　それとほぼ同時に梅雨明けを迎え、また部員たちの活気に満ちた声が響きはじめた。
　雨が上がったあとのグラウンドは、まだコンディションが整っておらず、あちこちに大小さまざまな水溜まりがで

きている。
　そこを避けることなく、バシャバシャと泥水を跳ね上げて練習にのめり込む、稜ちゃんと部員たち。
　まっ白だったユニホームは、練習が終わるころにはまっ黒。
　顔にまで泥を付けた全身泥んこの部員たちは、それでも楽しそうに、誇らしそうに、ユニホームや顔についた泥を払っていた。
　季節はもう初夏。
　みんなの熱気と、サンサンと降り注ぐ夏の太陽。
　熱い暑い夏が、もうすぐそこまでやってきている。
　マネージャーのわたしは、ココちゃんや岡田くんの手を借りながら、みんなのサポートやら応援グッズ作りやら、いろんなことに忙しく動き回る毎日。
　忙しくしていれば稜ちゃんとのことも少しは気が紛れるかと思ったりもしたけど、結局はいつだって稜ちゃんのことしか考えていない自分がいて。
　ココちゃんの『ほんっと、百合って子は……』というため息まじりの声を思い出しては、本当にそのとおりだと苦笑いをこぼした。

　そんな中で、学校をあげての野球応援の練習が始まった。
　全校生徒が体育館に集まり、応援団を筆頭に野球部の応援のためだけに時間を割いて練習をしてくれて。
　ココちゃんをはじめとした吹奏楽部のみんなも、応援に花を添えるために一生懸命に演奏をしてくれて。

その声や演奏を耳にすると、自然と目頭が熱くなる。
　いよいよだね、稜ちゃん……。
　わたしの胸は、この時期になるといつもドキドキとワクワクでいっぱいになる。
　去年も一昨年も、毎年そう。稜ちゃんを"男の子"と意識しはじめた11歳の夏から、それだけはずっと変わらない。
　今年で最後になるのかと思うとさびしいけど、それでもやっぱりドキドキとワクワクには敵わない。
　今年こそは、ずっと夢に見てきた甲子園に行きたい。
　稜ちゃんが幼いころから夢に見てきた甲子園の舞台、そこに一緒に立ってみたい。
"甲子園に連れてって"
　そんな大それたことは、言えるわけがない。
　いまは気まずいし、それに、甲子園は自分たちのプライドを賭けて戦うものだとずっと思ってきた。
　甲子園という舞台は、野球を心から愛する部員たちのもの。
　甲子園を夢見る野球少年たちのものだと思う。
　それを、わたし個人の稜ちゃんへの想いで汚せない。
　ましてやこんなに大事なときに。
　極端な考え方かもしれないけど、それでもわたしは、やっぱりそう思う。
　それと、もうひとつ。
"自分たちのために"
　誰かのために戦うことも大事だけど、自分たちのために戦うことのほうがもっと大事なんじゃないかなって。

もちろん、いろんな人に感謝するだろうし、それぞれに想う人もいると思うけど、その思いを最後の一球まで貫いてほしいと、そんなふうに思っている。

　そうして、いつもの放課後の、部活の時間。
「……よしっ！」
　今日もマネージャーの仕事は精いっぱいしないと。
　更衣室で制服からジャージに着替え、最後にぺちんと頬を叩いて気合いを入れた。
　けれど、グラウンドに入ると、笹本先生と今日の練習メニューを相談していた稜ちゃんと目が合って。
　気合いを入れた甲斐なく、とっさに逸らしてしまった。
　いくらなんでもあからさますぎたと思い、謝ろうと見上げるけれど、稜ちゃんはすでにわたしを視界から追い出すように野球帽を目深に下ろしていた。
「今日も水汲みから頼むよ」
「……はい」
　そんな指示をもらったきり、それからの部活は言葉を交わすことも目が合うこともなく、淡々と過ぎていく。
『百合がずっとそんなんだったら、長谷部くんだってどうしたらいいかわからなくなっちゃうって』
　ベンチに座り、黙々とバットを磨き続けていると、ココちゃんのお説教がまた聞こえてきた。
　本当にそのとおりで、返す言葉もない。
　わたしが目を合わせないから、わたしが避けてしまって

いるから、稜ちゃんだってそうせざるを得ないんだ。
『いま一番見てないのは百合だからね』
　わかっているのに、どうしてちゃんと見れないの。
　もうすぐ予選なのに、もう高校最後の夏なのに、どうしてわたしはいつまでも弱虫のままなんだろう……。
「はぁ……」
　ひとつため息をついて、空を見上げた。
　上空には飛行機雲。
　隣では、岡田くんもバット磨きに精を出している。
　まっすぐに空を裂いてどこに向かうんだろうと思いながら、そのまま飛行機雲の様子を見ていると、横から軽くチッと舌打ちをされて、慌てて手元に目を戻した。
　それからも黙々とバットを磨き続けていたら、そのうち磨くバットもなくなった。
　うじうじしてばかりのわたしとは一緒にいたくないのも当然で、岡田くんもいつの間にか横からいなくなっていて。
　それでも我慢できずに、またため息をついてしまう。
　ふと顔を上げると、オレンジ色の光の中を早馬のように駆け抜ける稜ちゃんの姿が目に入って、胸が苦しくなった。
　まるで背中に羽が生えたように、軽々とグラウンドの土を蹴って走る姿。
　この姿を見られるのも、あと１ヶ月あるかどうかだと思ったら、心に焼き付けておかなきゃという衝動にかられ、心でシャッターを何枚も切った。
　一生忘れないように。

ずっと先の未来でも覚えていられるように。
　だからどうか、せめていまだけは、こうして見つめるわたしに気づかないでね、稜ちゃん……。

　練習が終わって帰るころになって、今日が七夕だったことを思い出した。
「小さいころは、よく稜ちゃんと一緒に短冊飾ったなぁ」
　ひとりきりの帰り道、薄っすらと雲がかかる藍色の空を見上げながら、ぽつりとつぶやく。
　その拍子に胸が苦しくなって、きゅっと唇をかみしめる。
　あのころの願い——。
　稜ちゃんは、毎年同じ願いごとを書いていた。
"絶対甲子園で優勝する！"
　ずっとずっと持ち続けている夢、今年こそ叶えないとね。
　わたしは、その夢を応援することに幸せを感じていて。
"稜ちゃんが甲子園で優勝できますように！"
　そう書いた短冊を稜ちゃんの短冊の隣に毎年ぶら下げて、お母さんたちに『あなたたちは毎年変わらないわね』とあきれられながらも、稜ちゃんとふたりで笑い合った。
　あのころのわたしたちにはもう戻れないけど、17歳になったいまでも、稜ちゃんもわたしも同じ夢を見ている。
　そして、いつの間にか、稜ちゃんの夢はわたしの夢にもなっていたことに改めて気がついた。
　たくさんの時間が流れて、色や形が変化しても、変わることなく持ち続けている夢。

関係が変わっても、それだけは唯一変わらない夢。
　徐々に雲が晴れ、見えるようになった天の川に、どうしても願わずにはいられなかった。
　伝説の中だけじゃなく、もしも本当に織姫と彦星がいるのなら。今日が一年に一度、ふたりが天の川で変わらない愛をたしかめ合う日なのだとしたら。
　稜ちゃんへの想いを叶えてもらうよりも、どうか稜ちゃんとふたり一緒に持っている、この"夢"を……。

"稜ちゃんの夢を叶えてくれますように"
　願いはいつも、たったひとつだけ。

予選開始

 それから1週間ほどが過ぎ、7月も中旬に入った。
 もうすぐ夏休み。
 そして、もうすぐ予選大会。
 悩みの種のひとつだった千羽鶴は、ココちゃんが暇を見つけては一緒に折ってくれたおかげでなんとか形にすることができた。
 吹奏楽部の練習も大変なはずなのに、本当にありがとう。
『あたしが折る鶴は"長谷部くんと両想いになれますように"って思って折ってるからね！　がんばれ！』
 いままでのことを全部知っているココちゃんは、鶴を折るときに決まってそう言って励ましてくれて。
 そのおかげで、少しだけ気持ちを整理することができた。
"わたしが好きだから、稜ちゃんを好きでいたい"
 答えはいつだってシンプルで、それ以外にはないことに気がつくと、この前もらった四つ葉のクローバーのキーホルダーも、心なしかカバンに馴染んできたように思う。

 そうして気持ちに整理をつけつつ迎えた開会式。
 わたしたちの最後の熱い暑い夏が、とうとう幕を開けた。
 メイン球場になる県営野球場に80校近くの野球選手たちが一堂に会し、それぞれに校章や校名の入ったユニホームを誇らしく着ながらの入場行進。

吹奏楽部による生演奏が、選手たちの行進に花を添える。
　スタンドは、平日にも関わらず、開会式を見に来た地元の高校野球ファンや、たくさんの学校の生徒でほぼ満員。
　拍手や歓声の中、わたしもほかの部員たちと並んで開会式の様子を見守っていた。
　青雲高校の校名がアナウンスされると、開会式に参加してくれた応援団がドドドドンッ！と太鼓を打ち鳴らし、わたしたちは割れんばかりの拍手を送った。
「俺も投げてぇな……」
　わたしたちの前を稜ちゃんたちが行進していく中、拍手をしながら岡田くんがぽつりとつぶやいて。
　……前から気になっていたんだ、岡田くんのひじのこと。
「ポジションならピッチャー以外もあるのに、どうしてピッチャーにこだわるの？」
　いまなら話してくれるんじゃないかな、そんな期待を込めつつ、不躾ながらも尋ねてみることにした。
「ああ、それか。ひじはもう治ってる。ピッチャー以外なら選手としてもやっていけるって、医者には言われた。だけど、少しの間だけでも稜とバッテリーを組んでからは、俺はもう、稜以外にボールを投げられる気がしねぇんだよ」
「……」
　切なそうに言葉を紡ぐ岡田くんに、声が出なかった。
　どんな顔で、どんな思いで、青雲高校のユニホームに袖を通した稜ちゃんたちをスタンドの応援席から見ているんだろうと思うと、想像することすらはばかられて。

安易に聞いてしまったことを即座に後悔した。
　でもそこで、ふと疑問に思う。
「だったら……キャプテン以外にボールを投げられる気がしないんだったら、ファーストでもセカンドでも……サードだってできるんじゃない？」
　岡田くんの横顔を見上げて、そう問う。
　本当は岡田くんだって野球がしたくてしたくて、たまらないはず。こうしてたくさんの人に応援される中を、稜ちゃんたちと肩を並べて歩きたいに決まっている。
　視線を少し下にずらすと、右ひじをつかむ岡田くんの左手に青い血管の筋が浮いているのが見えて、胸が苦しくなる。
　本当は自分が稜ちゃんとバッテリーを組みたかったんでしょう？　本当はもっと稜ちゃんやみんなと野球がしたかったんでしょう？
　どうしてそこまで頑(かたく)ななのか、わかるようで、本当のところはわからなかった。
「あのな、そんなポジションじゃ俺の名が廃(すた)るの」
　すると、わたしを一瞥した岡田くんがフッと軽く笑い飛ばすようにそう言った。
「結局は俺の"プライド"ってヤツ。ピッチャーができないなら野球はしない、稜とバッテリーが組めなきゃ意味がない、そんなプライドがあんだよ。……いまでもな」
　そして、また稜ちゃんたちに視線を戻すと、こう続ける。
「稜はすげぇヤツだよ。前に組んだどのキャッチャーも俺のここぞというときのコントロールの甘さを制御(せいぎょ)できなかっ

た。知らず知らずのうちに気負っちまうんだろうな、でも、稜はちがった。……花森も知ってんだろ？」
「うん……」
　岡田くんがひじを壊して投げられなくなる前、稜ちゃんと岡田くんはバッテリーを組んでいた。
　岡田くんはもともとのピッチングには定評があって、それを買われて野球推薦で青雲に入った。
　だけど同時に、大事な場面での投球に少し弱さがあって。
　精神面での課題が大きい、いわば諸刃の剣のような選手だった。
　それは青雲でも変わらなくて、顔には出さなかったけど、岡田くん自身も相当悩んでいたことだったらしい。
　そんな岡田くんを変えたのは、稜ちゃんだった。
　『信じて投げろ』が口癖で、練習が終わったあともふたりで残って練習している姿をわたしも見かけたことがある。
「アイツが言う"信じて投げろ"のおかげだよ、いままで楽しく野球ができたのは。それだけで俺は十分なくらい、稜にもみんなにも感謝してる」
「……そっか。うん」
　岡田くん、そんなことを思っていたんだね……。
「もう野球はしたくないって言えばうそになるけど、やめたことを後悔はしてねえよ。稜の前では、俺はピッチャーの俺のままでいたいから。なんてな」
「そっか」
　初めて聞いた、岡田くんが野球をやめた本当の理由。

ほかのポジションじゃ嫌だという気持ちも、なんとなくだけどわかるような気がする。
　キャッチャーの稜ちゃんがいてこその、ピッチャーの岡田くんなんだよね、きっと。
　小さくなっていく稜ちゃんの背中を目で追いながら、マウンドでバッテリーを組むふたりの姿を想像してみた。
　……うん、すごくキラキラしてる。
「アレと一緒」
「ん？」
　すると、そう言った岡田くんがニヤリと口角を持ち上げ、指でクイクイとわたしを呼んだ。
　そして、耳元でささやく。
「相性のいいエッチとおんなじ」
　ひぃっ……！
　せっかくいい話をしていたのに、その口でなんてことを言うんだ岡田くんは。
　まっ昼間から色気たっぷりにそんなことを言うから、ビックリしたってもんじゃない。
　……というか、そのたとえ方はどうなんだろう。
「もう！　真面目なんだか不真面目なんだか、どっちかにしてよ！」
「ぷっ、ガキだなぁ、花森は」
「もういいっ！」
　どうやらこのときになって、最近ではご無沙汰だった、わたしをからかって遊ぶのが大好きな"皮肉王子"の一面

が顔を出したらしく、耳をふさぐわたしを見て、岡田くんは満足そうにニヤニヤ笑った。
　その顔を見て、嫌いじゃないけど好きにはなれないタイプだなと本気で思う。
　やっぱりわたしに岡田くんは無理。
　……いろんな意味で。
「そういや、稜にカマかけたんだけど、最近どうなの？　この間からふたりして様子が変だけど、お前ら、そんなんで大丈夫なわけ？」
　すると、再び開会式の模様に目を戻しかけたわたしに、岡田くんが思い出したように言った。
「……大丈夫もなにも、カマってどういうこと？　なんでキャプテンの名前が出てくるの？」
「おっと。開会式見ねぇとな」
「はい？」
　そして、あからさまにはぐらかされた。
　"カマをかける"って、どんな意味だったっけ？
　なんでその相手が稜ちゃんなの？
　けれど、頭を捻っているうちに、岡田くんは本当に開会式に目を戻してしまって。
　意味を聞くタイミングを完全に逃したわたしは、気持ちを切り替えるようにひとつ息を吐くと、岡田くんと同じように開会式に目を戻すことにした。
　……実際には、なかなか切り替わらないけど。
　全然すっきりしないし、すごくモヤモヤするけど。

それでも、それからの開会式は、心が揺さ振られる素晴らしいものだった。
　とくに選手宣誓(せんせい)の言葉がぐっと心に響いて、すごく感動的で。

『それぞれの高校の誇りと名誉(めいよ)をかけて、最後の１球まで全力で戦うことを誓います！』

『このマウンドに送り出してくれたすべての人に感謝し、恥じることのない試合をすることをここに誓います！』

　今年の夏で最後だからなのかな。
　大役を任された緊張で、少し声を震わせながら一生懸命に宣誓をする選手に、わたしは余計に胸を打たれた。
　わたしたち３年生にとっては最後となる開会式。
　どこまでも広がる夏の青い空に、拍手と歓声が吸い込まれていくようだった。

　開幕試合を観戦し、数台のバスに分乗して学校に戻ると、５時間目の授業の途中だった。
　バスの中で昼食と着替えを済ませた野球部一行は、大きなスポーツバッグを携え、ぞろぞろと各教室に散らばっていく。
　組み合わせの結果、シード権で２回戦からの戦いになった青雲は、開幕試合で勝ち上がった高校・翔南(しょうなん)高校と、大

会３日目・県営球場での第４試合で戦う。
『開幕試合を見てわかったと思うが、相手は守備に隙がある。攻撃的に仕掛ければ必ず大量得点できるはずだ！』
『お前らの実力なら負ける相手ではけっしてない！　勝って波に乗るぞ！　いいか！』
　バスの中で笹本先生が檄を飛ばしてくれたおかげで、みんなはすでに気合い満々な様子で。
「授業とかマジ嫌だ」
「今すぐ練習したいー」
　なんて苦笑いしながら校舎に入っていくみんなを見て、本当にそうだよねと、わたしもクスリと苦笑いをこぼした。
　そんなとき、ポンと肩を叩かれて。
「さっきのバスの中で稜の裸見たから、思い出し笑いか？」
「なっ……！」
「花森ってむっつりだったんだな〜」
「っ!?」
　すれちがいざまに岡田くんにからかわれる。
　口を金魚のようにパクパクと動かすだけで、なにも声が出せないでいると、岡田くんは「じゃあな、エロマネ」と手を振りながら先に校舎に入ってしまって。
「それは岡田くんのほうでしょ！」
「ふん。エロくて結構、本望だ」
　その背中に声を荒げるも、逆にでーんと開き直られてしまい、ああそう……と絶句するしかなかった。
「岡田といるときは楽しそうだよな、マネージャーって」

すると、また背中から声をかけられた。
　聞き覚えのある声にビクリと肩が震える。
　いまの話を全部聞かれてしまったんじゃ……とおそるおそる振り向くと、そこにはやっぱり、ムスリとした顔の稜ちゃんが。
　少し気持ちの整理ができて、また前のように話ができるようになってきてはいたものの、まさかこのタイミングで話しかけられるとは、ちょっと想像していなかった。
「岡田は手が早いって、俺、たしか前にも言った」
「え、あ、うん」
「俺の裸見たの？」
「うぇっ!?　みみみ、見てっ、見てないっ！」
「なんだ、もっと見てもよかったのに」
「……へ？」
　機嫌が悪そうだから、てっきり裸を見たことを注意されると思っていたら、なんだかふしぎなことを言われて、間抜けな声とともに目が点になってしまう。
　……あ、いや、部員のみんながいますぐ練習したいって言っていたから笑ってしまっただけで、稜ちゃんの裸は見てはいない。
　バスの席ではわたしが一番前に座っていたし、そんなの物理的に見れるわけがない。
　断じて。
「いや、なんでもない。それより、予選大会が……」
　——キーン、コーン。

すると、タイミングがいいのか悪いのか、稜ちゃんの声を遮るように授業終了のチャイムが鳴り響いて。
「……まあいいや。早く校舎ん中に入ろ。授業に遅れたらマズいし、ここ暑いし。それと、キーホルダー、つけてくれててよかった、よく似合ってる」
「……あ、うん、ありがとう」
　一足先に校舎に駆けていく稜ちゃんの背中を追って、わたしも急いで夏の太陽の下から逃げた。
　キーホルダーが"カバンに"似合っている、って言われただけなのに、なんだか無性に顔が熱い。
　その後の６時間目の授業は、チャイムが鳴る前に稜ちゃんが言いかけた言葉と、『よく似合ってる』がずっと頭の中を占領していて、授業の内容なんてこれっぽっちも入ってこなかった。

「だーかーらー、遠回しに百合に"好き"って言ってるのと同じだってば。『予選大会が』って言ったんでしょ？　終わったらなにかするつもりなんじゃないの？　なんでそう、ひねくれた解釈するかな」
　──ガコッ！
「ああもう、ゴミ箱からゴミがあふれてるし」
　心ここにあらずだった授業が終わり、掃除の時間。
　校舎裏のゴミ捨て場に向かう途中、ココちゃんにさっきの出来事を話したら、彼女が急に断言した"好き"。
　その２文字に思わず体がビクリと跳ね上がったわたしは、

持っていたゴミ箱を廊下にひっくり返してしまった。
　ココちゃんは、すぐにしゃがんでゴミを拾ってくれるけど、わたしは突っ立ったまま固まってしまって。
「また前の百合に戻ってるよ。百合が"自分が好きだから長谷部くんを好きでいたい"って言ったときは成長したなって思ったんだけど、見掛け倒しだったわけ？　いい加減なんとかしなよ、その暗〜い発想……」
　あきれたココちゃんは、そう一喝して長いため息をついた。
「だって……」
　そうは言われても、そう簡単になんとかなるものじゃないよ、17年間連れ添ってきたこの性格だもの。
「だって、なによ？」
「こんなわたしのどこに、好かれるところがあると思う？　稜ちゃんには好きな子だっていて……」
「それでも好きなんじゃないの？　まあ、あたしから言えることは、少なくともいまの百合には好かれるところなんてひとつもないと思うってことだけ。残念だけど」
「……そ、そうだよね、情けない」
「ていうか、どうして百合はもっと自分に自信が持てないかな。見ててじれったいよ、百合と長谷部くん。……さ、それより早くゴミ捨ててこよ、部活遅れちゃう」
「あっ、ごめん、全部拾わせちゃって！って、わ……！」
　わたしがうじうじしている間にココちゃんは散らばったゴミをゴミ箱に戻してくれていたようで。
　慌てて謝ると、彼女は急にわたしの手を引いてずんずん

歩きだし、半ば引きずられるような形になった。
　わー、絶対怒ってる、さすがにいまのはうじうじしすぎた。
　ココちゃんが怒るのも無理はないよね、早く謝らないと……。
　すると、十数メートル歩いたところで、ココちゃんが足を止めてわたしを振り返った。
「ねえ百合、あさってが初戦なんでしょ？　そんな顔で部活も試合も出たら、みんなのやる気も下がるよ？　あとでいっぱい話聞いてあげるから、大会の間は意地でも笑っていな。最後なんだよ、いい夏にしたいじゃん」
「うん、ありがとう。……ていうか、怒ってないの？」
「怒ってるよ。でも、もう慣れてるし。それに、前にも言ったけど、それだけひとりの人を想い続けていられるって、やっぱりすごいことじゃん。ある意味、百合は強いのかなって思ったら、怒る気もなくなっちゃった」
「そっか、いつもごめん、ありがと。わたし、がんばるね」
「よし、がんばれ！」
　にっこり微笑むココちゃんに、わたしも笑い返す。
　ココちゃんにこうして背中を押してもらうのは、これでいったい何度目だろう。
　足が止まりそうになると、いつも助けてくれて。
　情けないところも、ダメなところも、全部全部受け入れて、温かく包み込んでくれて。
　最後には必ず、わたしの一番の味方でいてくれる。
　……そうだよね、もう大会が始まったんだ。わたしがこ

んな調子でどうするの。
　みんなが試合のことを考えているときに、わたしだけ自分のことばかりでいいわけない。
　高校最後の夏だよ。
　いましか甲子園に行くチャンスはないんだよ。
　天の川にも、稜ちゃんとふたり一緒に持っている夢を叶えてもらいたいって、たしかにわたしはそう願った。

『必ず百合ちゃんを甲子園に連れてってあげるから。それまで待っててくれる？』

　——いつかの夏の日、指きりげんまんして交わした約束の行方を見届けられたら、それだけでもう、わたしの想いは十分、稜ちゃんに叶えてもらったことになるんじゃないかな。
「ココちゃん！」
　ぐっと拳を握り、再びゴミ捨て場に向かって歩き出したココちゃんの背中を呼び止める。
「ん？」
「わたし、決めた。困らせるだけになったとしても、幼なじみじゃなくなっちゃっても、もうわたしが後悔したくないから言う。予選大会が終わったら、告白して区切りをつける！」
　こんなときに決心が固まるなんて、遅すぎるかな。
　でもきっと、この機会を逃したら一生告白できない。

区切りをつけたあとは、正直どうなるかわからないけど、想いを伝えないまま後悔するよりはずっといいもの。
「百合、よく言ったよ！　やっぱり百合は強いね！」
　突然のわたしの告白予告に驚いて目を丸くしていたココちゃんが、白い歯を見せてうれしそうに笑う。
　笑い返すと「行くよ、百合！」とココちゃんがわたしの手を取って廊下を走りはじめて、走っているうちに、ふたりともなんだかおかしくなってしまって。
「こらー、ゴミ箱を持って走らないっ！」
「すみませーん」
「ごめんなさーい」
　先生に注意されても、そんなのお構いなし。
　ゴミ捨て場までの廊下を声を上げて笑って走った。

翔南校戦

　大会3日目。第4試合。

　詰めかけた観客たち、青雲高校の応援団、生徒たち。

　その上に、夏の午後の日差しがジリジリと照りつける。

　今日は、青雲高校野球部にとって甲子園への道のりの第一歩となる大事な日。

　初戦、翔南校戦。

　いままでたくさん練習をしてきた。雨でも風でも雪でも、どんな日でも、一生懸命に練習をしてきた。

　練習試合だってたくさんやった。

　その成果が試される、大事な大事な初戦。

　県営球場に向かうバスの中で、わたしは野球部のみんなにお守りを配ることにした。

　54個のお守り。スカイブルーのフェルトの生地、紐は桜色、白い刺繍で『青雲』の文字。

　青い空と白い雲。桜色の紐は、春に見たグラウンドを囲むようにして植えられた、校庭の満開の桜。

　そのイメージを、わたしなりに精いっぱいお守りに込めて、中には思い出の場所で摘んだ四つ葉のクローバーを入れて。

"みんなにとびっきりの幸運が訪れますように"

　そんな願いを込めた。

　グラウンドで戦う9人も、ベンチのメンバーも、応援席

で応援する部員も、みんな一緒のお守り。
　試合に出るメンバーだけで戦うんじゃないんだよね。
　野球部全員で、学校全体で戦うものなんだよね。
　それこそが"高校野球"というもので、だから人を惹きつけてやまないものなんじゃないかとわたしは思う。
　部員たちは、お守りを見て、すごく喜んでくれて。
　笹本先生も岡田くんも、そして稜ちゃんも、わたしがお守りを渡しに行くと、大事そうに受け取ってくれた。
　中に入った四つ葉のクローバーを見て歓声を上げる部員もいる。
　「ありがとう」と言われるたび、すごく満たされた気持ちになって、それだけで目頭が熱くなったり。
　ねえ、稜ちゃん。稜ちゃんはこのクローバー、どこで摘んだかわかっているかな？
　どんな意味が込められているか、思い出してくれたかな？
　それからもうひとつ。
　試合には絶対に欠かせないもの、千羽鶴。
　この千羽鶴は、ココちゃんとふたりで折った大作だ。
"長谷部くんと両想いになれますように"
　と願いを込めて折ってくれたココちゃんと、
"甲子園に行けますように"
　というわたしの、ふたつの願いが詰まった色とりどりの千羽の鶴。
　大空に向かって鶴が一斉に羽ばたくように、みんなの甲子園への夢もここから羽ばたいてほしい。

そんな思いが込められている。
　わたしがマネージャーとしてできることは、もうこれくらい。あとは、稜ちゃんたちを信じること、見守ること。
　だからどうか、精いっぱい戦ってきて。
　みんな、キャプテンの稜ちゃんを信じて打って。
　大事な初戦、快勝しよう！

　今日の試合は、先攻が青雲高校、後攻が翔南高校。
　一塁側は青雲高校の大応援団で埋まり、試合前にも関わらず応援歌が熱唱されている。
　この熱い暑い夏の始まりに、これ以上ないっていうほどに熱のこもった応援歌だ。
　一塁ベンチ下で稜ちゃんたちと応援歌を聞いていたわたしは、すでに緊張で胸が張り裂けそうになっていて。
『まもなく本日の第４試合——』
　その応援歌の間を縫うようにして球場全体に響き渡ったアナウンスに肩がビクリと震えてしまった。
「行くぞー！」
　稜ちゃんがすくっと立ち上がり、みんなを促す。
　「オーッ！」と声を上げたベンチ入りのメンバーが、稜ちゃんのあとに続いてマウンドに駆け出していく。
　……いよいよだ。いよいよ試合が始まる。
　瞬く間に整列していく両チームの白いユニホームが、やけに青空に映える。
　稜ちゃんが背負った背番号２。打順は１番。

小さなころからひとつも変わらないキラキラ輝くその姿に、わたしの胸は安心感と、少しの切なさを覚えた。
「よろしくお願いします！」
　緊張を解きほぐすように大きな声を張り上げた両チーム。
　その声は、拍手と歓声に溶けて空に吸い込まれていく。
「がんばって、みんな……」
　わたしはそう小さくつぶやくのがやっとで、胸の前で強く握りしめた手は、カタカタと震えていた。
　あいさつがすむと、ベンチに戻ったナインが円陣を組みはじめる。
　先頭に立ってなにかしゃべっているのは稜ちゃんだ。
「今日の試合に出るメンバーだけじゃない。応援席のメンバーも、監督もマネージャーも、全員一緒に戦うんだ！」
　気迫のこもった声で言葉を紡ぎながら円陣の中をぐるりと見まわす稜ちゃんに、みんなの視線が集まって。
「初戦でガチガチになると思う。でも、そのときは俺を見てくれ。俺はいつだってみんなを見てる」
　その瞬間、みんながユニホームをつかむ手にグッと力が入り、一気に士気が高まっていったのがわたしにもわかった。
「俺を信じて打て！　まずは出だしから強気で攻めていこう！　守備ではホームは誰にも踏ませない！　行くぞー、青雲……」
「オーーーッ！」
　一斉にダンッ！と地面を踏み鳴らすと、勇ましい雄叫びとともに円陣は解かれた。

"俺を信じて打て！"

"ホームは誰にも踏ませない！"

なんて心強い言葉なんだろう。

なんて安心する言葉なんだろう。

これこそが稜ちゃんの、ううん、キャプテンのキャプテンたる所以(ゆえん)なんだろう。

開会式の日、岡田くんが言っていた『稜以外にボールを投げられる気がしねぇ』の意味が、いまさらながらよくわかる。

みんな、稜ちゃんの言葉にいったいどれくらい救われているんだろう。

笹本先生も岡田くんも、わたしも、どれくらい救われているんだろう。

素振りをしながらバッターボックスへ向かう稜ちゃんの姿を見送りながらマウンドに目を移すと、180cmはあろうかという翔南のピッチャーが入念に投球練習をしていた。

稜ちゃんがグラウンドに現れたのを見た応援席からは、吹奏楽部の演奏と応援団の太鼓の音、それから、生徒たちが打ち鳴らすバン！　バン！　バン！というメガホンの音が一斉に聞こえはじめて。

すぐに稜ちゃんのテーマ曲の演奏が始まった。

この音の中に、ココちゃんのトランペットの音色がまじっている。

会場入りの前にココちゃんと話す時間があって、そのときに言われたんだ。

『トランペット、あたし、死ぬ気で吹くから。だから百合も死ぬ気で応援するんだよ？　なにより百合の応援が一番の力になるんだからね！』
　って。
　わたしは応援することしかできないけど、それがココちゃんの言う"なによりの力"になれるのなら、わたしは声が枯（か）れるまで応援するだけ。それしかない。
「絶対打って！」
　わたしはベンチの柵（さく）に身を乗り出して声をふり絞った。
　初戦で、しかも１番バッターで、稜ちゃんはどれだけの重圧を感じているんだろうか。
「みんながついてるよ！」
　もう一度、声をふり絞った。
「プレーボール！」
　そのとき、試合が始まった。
　稜ちゃんは、わたしの声なんて届かないくらいにバッティングに集中し、バッターボックスの向かって左側……小さいころから変わらない、いつもの定位置に立って、長身のピッチャーをもろともせずに立ち向かっている。
　ギリッとバットを握って構えた稜ちゃんの腕は、鍛（きた）えられた筋肉の筋がベンチからでもはっきり見えるほどで、夏の太陽に焼けた、太くて黒くたくましい腕が、大きく振りかぶった湘南ピッチャーと対峙した。
　どんな球種だろう。
　初球から打つ気でいるのかな。

わたしが勝手にそう思いあぐねていると、高い位置から１球目が投げ込まれた。
　初球はストレート。
　そもそもの投げる高さ、それがちがうから、記録員としてベンチに入っているわたしの位置から見ていても角度がすごくついていて、投げられたボールは、まっすぐにキャッチャーミットへ向かって空を切っていった。
　と、そのとき。
　──カキーーーーンッ！
「……ゴクッ」
　その快音に、わたしの喉が音を立てて鳴った。
「キャーーッ！　キャーーッ！」
　まだ序盤だった演奏が、たちまち大歓声に変わる。メガホンを鳴らす音も太鼓の連打の音も、ものすごい。
　稜ちゃんが初球から勝負に出たボールは、翔南キャッチャーに届く前に見事にバットの芯で捉えられた。
　鋭く打ち返された白球はピッチャーの頭上をはるか高く飛び、得点板のほうへぐんぐん吸い寄せられて。
「……ホームラン！」
　その声が誰のものかもわからなくなるくらい、青雲側のボルテージは一気に跳ね上がり、興奮の渦が巻き起こる。
　バットを放り投げて稜ちゃんが一塁に走っていく。
　翔南ピッチャーは打たれたボールの軌道をただ目で追い、外野手は慌ててうしろに下がっていった。
　きれいな放物線を描いて飛んでいくボールは、青空に溶

けて一瞬キラッと光り。
　——ガンッ！
　そして、再び目で捉えられるようになったときには、得点板に当たって跳ね返っていた。
「は……入った！」
「ホームランだ！」
「しかも一番深いところ！」
「稜ー！　稜ー！」
　わたしの横で、チームメイトたちが柵から身を乗り出し、ガッツポーズをしたり、両手の拳を突き上げたりしながら歓喜と祝福の声を上げる。
　いつもはどっしり構えている笹本先生も、腰のあたりで小さなガッツポーズを作って満足気な顔をしていて。
　それはきっと、応援席のほうでも同じだろう。
　飛び跳ねたり抱き合ったりしながら、初回で、しかも初球でのホームランを全身で喜んでいるにちがいない。
　すごいよ！　すごいよ、稜ちゃん……！！
　歓声から自分の打ったボールがホームランになったと確信したらしく、稜ちゃんは走るスピードを緩めて、二塁を蹴って、三塁を蹴って。
　そして、ダイヤモンドを一周してきたことをたしかめるように、両足でホームベースを踏んだ。
「オーッ！」
　雄叫びを上げながら稜ちゃんがベンチに戻ってくる。
　そんな稜ちゃんは、我先にと出迎えたチームメイトたち

に頭や背中や腕や……いろんなところをバシバシ叩かれながら白い歯をキラリとのぞかせ、満面の笑みで荒っぽい祝福にこたえて。

　そしてそのまま、次々と差し出される手にパンパンパンッとテンポよくタッチしていった。

　わたしはもう、声すら出なくて放心状態で。

　わたしにもタッチを求めに来た稜ちゃんに気がつくまでに、きっとだいぶ時間がかかったと思う。

　目の前に影が差していることに気づき、顔を上げると、
「手、出して」
「え？」
「ほれ、タッチ。マネージャーも」
「あ、そ、そっか……」

　稜ちゃんがわたしの手首をつかんでクルリと返して手のひらを上に向けさせ、その拍子に、いまさっきホームランを打ったばかりの熱い手がわたしの手にパチンと重ねられた。
「打ったぜ、ホームラン」
「うん、見てたよ」
「次は満塁フルベースでまた打ってやる」

　わたしにできることは、信じて応援すること、見守ること。
　予選が終わったら"7年"に区切りをつける。
　それまでは、ココちゃんに言われたとおり、意地でも笑っていよう。
　最後だから。いい夏にしたいから。
「あはっ、わかった、それも見てる」

そう言って笑うと、稜ちゃんは満足そうに一度うなずき、わたしの前から離れていった。
　そして、ベンチに入るやいなや、2番の井上くんに声援を送りはじめる。
　わたしも急いで試合に目を戻すと。
　──カキンッ！
　耳に心地いい音が響く。
　井上くんが打った球速の速い打球は、湘南セカンドが飛びついても間に合わずにヒットになった。
　すごい、井上くん！
　ここ2ヶ月弱でめきめきと成長した井上くんは、バッティングに磨きがかかった上、さらにメンタル面もぐんと強くなっていて、もともとの守備力もさらに向上した。
　いまのヒットだってそう。
　稜ちゃんがスタートダッシュをかけてくれたからだろう、自信と余裕があるように見えて、とても頼もしい。
「いいぞー、井上ー！」
　ベンチから飛ぶそんな声に、一塁ベースに足をかけた井上くんは自信満々にうなずく。
　井上くんはもう"不動の2番"って感じだ。
　迷わず井上くんをスタメンにした笹本先生も、こんなふうに成長した彼を安心して見ていられるんじゃないかな。
　そして、打順はクリンナップへ。
　3番の秋沢くん、4番の上田くん、5番の大森くんへとおもしろいくらいに打順がまわり、下位打線も爆発。

夢中で応援したり喜んでいるうちに、ふと気づくと得点版には大量得点が刻まれていて。

終わってみれば【11-0】の5回コールド、湘南高校に大差をつけて青雲高校が3回戦に駒を進める結果になった。

帰りのバスの中で、ひとり今日の試合を振り返る。

今日の試合も、これからの試合も、4月に北高校との練習試合に出たメンバーで構成されている。

打順もポジションも変わらず、練習試合のときのまま。

どうやら笹本先生は、春の段階でこのメンバーで予選を戦うと決めていたらしい。

もちろん、ベンチ入りのメンバーも代打や代走、リリーフや押さえに出たりするものの、先生の頭の中ではスタメンはあのときの9人で固められていたようだった。

その9人全員の打線爆発。

稜ちゃんと大森くんバッテリーの好リードに、守備での卓越した連携プレー。

結果、5回コールドの快勝。

日が陰りはじめたグラウンドに流れた青雲高校の校歌は、勝利の余韻で格別の音色がした。

バスの一番前の席からそろりとうしろを見てみれば、ユニホーム姿の部員たちがうれしそうに顔をほころばせながら今日の試合を振り返っていて。

そんな彼らに自然と笑顔になる。

ポケットの中でスマホが震えて。

【攻撃の時間長すぎ！　唇がタラコになっちゃう！】
　ココちゃんからの切実なメッセージに、思わずぷっと吹きだして笑ってしまった。
　そうして学校に戻ったあとは、ミーティングと軽めの練習をして解散となった。
　稜ちゃんのあのソロホームランや、タッチしたときの手の感覚、校歌の余韻なんかが頭からずっと抜けなくて、ふわふわとした気持ちで家路につく。
　わたしの夢をみんなに託して戦っていくこれからの日々。
　稜ちゃんと交わした約束を、みんなの肩に少しずつ乗せてもらって戦う、これからの日々。
　どうか、みんなの夢と一緒にわたしの夢も乗せてください。
　わたしにも"甲子園"という大きな夢を見させてください。
「どうかお願いします、野球の神様……」
　生徒手帳から、11歳の夏に稜ちゃんと交換した四つ葉のクローバーを取り出し、胸の前に抱いて願いをかける。
「がんばって、いつも信じてるよ、稜ちゃん……」
　稜ちゃんの夢のそばには、どんなときもわたしの夢があるよ。だからどうか、稜ちゃんも。
　どんなときもみんなと自分を信じて戦って。

7.25

　7月25日。空は快晴。
　水色の空を優雅に流れる雲は、夏の日差しを浴びてキラキラと宝石のように輝いている。今日は絶好の決勝日和。
　……そう。
　わたしたち青雲高校は、初戦の勢いをそのままに3回戦、4回戦、準々決勝、準決勝と勝ち進んでいき、そしていま、決勝の舞台にいる。
　大会が始まったころのわたしは、どうしようもなく、うじうじとしていたけれど、でも、いまはちがう。
　この抜けるような青空のように、心は澄み渡っている。
　それは、一生懸命に白球を追う稜ちゃんやみんなの姿、ココちゃんの励まし……いろいろなもののおかげ。
　楽しいこと、つらいこと、切ないこと、悩んだこと、いままでの3年間で本当にたくさんあった。
　とくにこの3ヶ月間は思いがけないことばがりが起こった。
　感情が目まぐるしくて気持ちがなかなかついていかなかったけれど、今日、この舞台に立てることがすごくうれしくて。それがわたしの誇りで、どんなことにも代えられない、たったひとつの宝物だ。
　この試合に勝つことができれば。
　あと1回だけ、稜ちゃんたちが勝つことができれば、小

さなころから夢に見てきた舞台——甲子園へ行ける。
　大会が始まってからは、稜ちゃんとはほとんど会話をしていない。
　試合を重ねるごとに緊張も疲れも増していく、まさにこれはサバイバルゲーム。
　稜ちゃんのほうも、試合の疲れを取ったり、対戦チームの戦略を考えたりとすごく忙しそうだ。
　わたしはそんな稜ちゃんやみんなを少しでもサポートできたらという思いで、自分にできることを見つけて、それに尽力した。
"好き"
　それを言うのは、この決勝が終わってから。
　高校最後の夏が終わってから。
　そのときに、7年ぶんの想いを伝えて、長かった片想いに区切りをつける。
　だから稜ちゃん、稜ちゃんは野球にだけ集中していて。
　この試合に全力を捧(ささ)げて。
　甲子園に連れてって、なんてことは言わないよ。
　自分の夢のために、同じ夢を持っているみんなのために、最後まで全力で戦って……！

　決勝の相手は、一昨年の優勝校・私立西ノ宮(にしのみや)学園。
　私立だけあって、野球推薦で他県から引き抜かれた粒ぞろいの選手たちがたくさんいる。
　甲子園出場の常連校だったりもするんだ、西ノ宮って。

すごく強くて、勝つにはミスのひとつだって許されない。
　わたしたちが練習試合で対戦した北高校や東高校は、それぞれ4回戦と3回戦で姿を消していた。
　同じ夢を追いかけた、この2校のためにも、わたしたちは負けたくないし、絶対に負けられない。
　ここまで来たからには、勝って甲子園に行きたい。
　みんなと一緒に甲子園の土を踏みたい。

　試合会場である県営球場には、決勝戦をひと目見ようと大勢の観客たちが詰めかけていた。
　試合開始前だというのに、もう両校の応援合戦は試合中さながらに白熱していて、その熱い声が控え室で出番を待つわたしたちの耳にもよく響いてくる。
「お前たち、よくここまで勝ち進んできたな。決勝の舞台で戦えるのは、かれこれ20年ぶりだと聞いた」
　白熱した応援が響く控え室の中、じっとその声に耳を澄ませていた笹本先生が静かに口を開いた。
　そして、ベンチ入りメンバーひとりひとりと、しっかりと目を合わせながら、さらに言葉を紡いでいく。
「20年前は惜しくも準優勝に終わったそうだが、今年の野球部は、そのときとはまったくちがう。長谷部をはじめとして、部の全員が甲子園という大きな夢を前に怯むことなく立ち向かっている。学校の誇りだ、お前らは」
　少しだけ瞳を潤ませた先生は、にっと笑って言う。
「さっきは20年ぶりだなんて言ったが、本当は何年ぶりか

なんて大したことじゃない。決勝まで勝ち進むことができた実力、気力、精神力、チームのまとまり……それらの自分たちの力に自信を持て！」
　そして。
「ここまでお前たちと心をひとつに戦えたことに感謝する。青雲は素晴らしいチームだ。青空の下で校歌を聞こう！」
「オォーッ！」
　先生の声に呼応するように、全身全霊の気迫のこもった雄叫びが控え室全体に響き渡る。
　ふと、これほどまでに心が打ち震えることって、人生の中でいったいどれだけあるんだろうと思った。
　でも、ただひとつ言えることは、この日のこの決勝は、わたしの人生の中で死ぬまで忘れられない試合になるということだけだ。
　そしていよいよ、雌雄を決する最後にして最高の舞台、グラウンドに向かうときがやってきた。
　先攻は西ノ宮、後攻は青雲高校。
　笹本先生を筆頭に、三塁ベンチへ向かう通路を歩く稜ちゃんたち。その勇ましい姿を見つめながら、わたしもお守りと千羽鶴を抱きしめて一番うしろをついていった。
「キャーーッ！」
「青雲ー！　青雲ー！」
　選手たちがグラウンドに姿を現すと、とたんに耳をつんざくような歓声と青雲コール。
　一塁側に目をやれば、西ノ宮の応援席も歓声と西ノ宮

コールに沸き返っていた。
　西ノ宮の深紅に染まる大きな校旗(こうき)が、夏の暑い風になびいてハタハタと揺れている。
　そして、堂々とフェンスに結わえつけられた特大の横断幕。
　それには、同じく深紅に染まった生地に白い文字。
"西ノ宮　必勝！"
　対するわたしたち青雲高校は、校名の由来ともなっている濃い青色の校旗。それから、同じ色をした、西ノ宮にも引けを取らない大きな大きな横断幕。
"夢の甲子園へ！"と、そう書かれている。
　決勝戦ともなると、注目度も半端なく高い。
　仕事を抜けて観戦しに来たスーツ姿の人の姿や、夏休みに入った野球少年たちも大勢詰めかけていた。
　そして、選手たちの家族や、すでに敗れた他校の生徒たち。その姿も一般の観客たちにまじって多数見受けられた。
　これが、"決勝"……。
　これが決勝というものなんだ。
　わたしはもう、その雰囲気にかなり呑み込まれてしまっているようで、三塁ベンチまでの短い距離をどう歩いたのかさえ、思い出せなかった。
　覚えているのは、キリッと引きしまったみんなの日に焼けた顔、まっ白のユニホーム、手に握っていたお守りと腕に抱いた千羽鶴の感触くらいで。
　わけもなくずっとソワソワしていた、そんなとき。
「マネージャー、マネージャー」

わたしを呼ぶ声がして、そちらに顔を向けると、稜ちゃんが手に握った"あるもの"を見せながら穏やかに笑った。
「マネージャーが作ってくれたお守りのおかげで、ここまで来れた。みんな感謝してる」
　見るとそれは、ヨレヨレになったお守りで。
「ずっとポケットに入れて戦ってたから、汚くなっちゃったけど、マネージャーの気持ち、しっかりもらったから」
「……」
　そう言って稜ちゃんが笑うから、それだけで涙が込み上げて、なにも言えなくなった。
　そして、わたしが刺繍した"青雲"の文字を指でなぞった稜ちゃんは、しっかりとわたしと目を合わせて言う。
「必ず甲子園に連れていく。だからマネージャーはずっと応援しててくれよ。ホームラン、また打つから」
　えっ……。
　"必ず甲子園に連れていく"？
　それってまさか、あの約束を覚えて……？
　混乱してなにも言えないでいると、稜ちゃんはふっと笑い、わたしの頭に大きくて熱い手を置いて。
「忘れるわけないよ、あの約束。そのために今日までみんなに少しずつ夢を背負ってもらいながら戦ってきたんだ。俺は、百合の前じゃ絶対負けない」
　それから、奇跡みたいなことを言って、やっぱり笑った。
「この試合が終わったら、話したいことがある」
　野球帽を目深に被った稜ちゃんが、そう言い残してベン

チのに戻っていく。
「待って。……わたしも、話したいことがあるの」
　その背中を呼び止めてそう言えば、振り返った稜ちゃんは、目深に被っていた野球帽をクイと上げ、かわいい八重歯をのぞかせながらまっ赤な顔で笑って。
「ぜってー勝つ！」
　握った拳を、力強く前に突き出した。

　決勝戦は、プレーボールの合図を待つのみ。
　試合前の最後の練習を終えて、グラウンドの中央で西ノ宮の選手たちと固くあいさつを交わし、1回の表の守備に散る前に固く円陣を組み、いつものように気合いを入れて。
　神様……。みんな一生懸命に練習しました。
　ここまで勝ち残らせてくれた神様には感謝しています。
　でも、この試合に勝たなきゃ甲子園には行けないんです。
　だから、どうか青雲高校に力を貸してください……！
　グラウンドに散った青雲ナインの顔をひとりひとり思い浮かべながら、わたしはそう何度も何度もひたすらに願う。
「プレーボール！」
　そのとき審判の声が響き渡った。
　稜ちゃんを甲子園に、みんなを甲子園に……神様、神様！
　わたしは、お守りを握りしめながら大森くんの第1球目をハラハラしながら見守るだけだ。
　ああ、ここに岡田くんでもいてくれたら、皮肉でもなんでもいいから会話をして気が紛れるのに……。

今日も岡田くんはスタンドの応援席。
　１、２年生たちや学校のみんなと一緒に、夏の太陽を体中に浴びながら応援している。
『明日の決勝は岡田くんがベンチに入りなよ』
　毎試合、毎試合、わたしばかりが記録員としてベンチに入っていたから、すごく申しわけなくて、昨日、岡田くんにそう言ったんだけど。
『ベンチは花森のもんじゃん』
　ひょうひょうとした顔で、そう返されて。
　わたしに気を遣ってくれたのか、それとも記録員の仕事をしたくないのか、ベンチのほうこそ特等席なのに、
『スタンドから見る試合はすっげーいいぞ？　俺の特等席だから、ベンチは花森に譲る』
　なんて言われてしまって。
　だからわたしは、今日もこうしてベンチの中からみんなを見守っている。
　試合は、西ノ宮の１番バッターが大歓声を受けながら打席に入り、マウンド上の大森くんと対峙している。
　"西ノ宮"というチームは誰が４番を打ってもおかしくないほど強く、決勝までの試合は、新聞や地元のニュースで見る限り、どれも危なげなく勝ち進んでいるようだった。
　この１番バッターだって、実力は半端じゃないはず。
　稜ちゃん！
　大森くん、みんな！
　わたしは祈るように青雲バッテリーを見つめた。

心臓は口から飛び出て、そこら辺を跳ね回っているかもしれない。
　それくらい、自分の体の感覚がなくなっていて。
「花森、そんなに目をつぶっていたらスコアなんて書けないぞ？　決勝なんだ、しっかり目に焼きつけておけ」
　そんなわたしの様子を見兼ねたらしい笹本先生に言われて、いつの間にか固くつぶってしまっていた目を開ける。
　チラリとベンチを見た稜ちゃんが、キャッチャーマスクの中で笑っているのがはっきり見えた。
　大きく振りかぶった大森くんも、守備についたみんなも、先生もベンチのみんなも笑っていて、緊張でガチガチになっていたのは、どうやらわたしだけだったらしい。
「楽しまないと損だぞ、花森。こんな試合、滅多に体験できるものじゃない」
「はい」
　先生の言うとおりだ、決勝の舞台なんて選ばれた人たちしか立てないものだもの、いまのこの瞬間にしか立つことを許されない、最高の舞台なんだもの。
　そうか、みんなの笑顔は、試合を楽しんでいるから……。
「……っ」
　そうだよ、それならわたしも楽しまないと！　この舞台にいられる幸せを、１秒でも長くかみしめていないと！
　大きく目を見開いて、大森くんの初球を見る。
　わたしが見なきゃいけないんだ。わたしが……。
　そう心を決めた瞬間、大森くんの第１球目が投げられた。

まっすぐのストレートに対して、西ノ宮バッターはわずかに振り遅れて空振りし、ストライクの赤いランプがひとつ、電光掲示板に灯された。
　この決勝でも、稜ちゃんが初球に選んだボールは大森くんが得意としているストレートだった。
　ほとんどの試合をひとりで投げ抜いて、疲れはピークにきているはずなのに、大森くんのストレートは威力がまったく衰えていない。
　それどころか、いままでで最高のストレートだ。
　コントロールも完璧で、スピードもすごい。
　わたしたち３年生にとっては、これが甲子園へのラストチャンス。
　２年生の大森くんは、また来年も挑戦できる。
　だけど、いまのストレートからは大森くんの気持ちが……。
"このチームで甲子園へ！"
　その強い思いが、ひしひしと伝わってきた。
"先輩たちと一緒に甲子園へ！"
　そんな声が聞こえてくるような、渾身のストレートだった。
　バッターが構え直すと第２球。
　今度は高めのストレート。
　すくうように振られたバットはボールの軌道のだいぶ下で空を切り、少し体制が崩れた西ノ宮バッターの足元からはスパイクで抉った乾いた土がわずかに舞った。
　これでツーストライク。
「いいぞー、大森ー！」

「いい立ち上がりだぞー！」

ベンチのみんなが、大森くんをあと押しするように声を枯らして声援を送る。

バッターが足場を念入りに整え、再び構えると、今度はスライダーが投げ込まれた。

——カキーンッ！

「あっ……」

わたしの口から思わず声が漏れる。

ハッと息を飲んだきり、西ノ宮バッターが打ち返した高く高く上がっていくボールを目で追う。

いままでの練習どおりにボールをさばければ、センターフライでアウトにすることも簡単だけど、今日は太陽が眩しすぎてボールがよく見えないんじゃないだろうか。

取って、お願い、と念じながら、グローブを頭の上にかざしながら打ち上がったボールの真下に入っていくセンターの姿を見つめる。すると。

——ポスッ。

この炎天下でもボールを見失わなかったセンターは、余裕でフライをグローブに収めた。

青雲ベンチは一気に沸き、応援席では応援団の太鼓が勢いよく打ち鳴らされている。

ワンアウト。

電光掲示板にはアウトのランプがひとつ灯り、2番バッターへと変わる。

あの西ノ宮から……甲子園の常連校から、たった3球で

アウトを取れたなんて、なんてみんなすごいんだろう。
「余計な力が入っていないな、今日のアイツら。安心して見ていられるよ、この試合」
「はいっ！」
　笹本先生がみんなを誇らしそうに眺める横で、わたしも力いっぱいうなずいた。

　最初の打席で緊張していたのか、西ノ宮の２番バッターはピッチャーゴロに倒れた。
　大森くんの決め球には手を出さずに、遊び球のほうにばかり手を出してしまって。ボールをバットの芯でうまく捉えられず、打球の威力は半減。
　結果、大森くんの前にコロコロと転がったボールは彼に適切に処理された。
　続く３番バッターは甘く入ったストレートに照準を合わせてヒットにし、けれど４番は逆にボール球でもバットを振ってしまい、三振。
　１回の表は、ランナーが一塁残塁のまま終わった。
　ベンチに戻ってきたナインに笹本先生が檄を飛ばす。
「向こうのエンジンがかかりきる前に攻め込め！　先取点は必ず青雲が取る！　いいか！」
「はいっ！」
「決勝は甘くはないぞ！　表が良かったからといって気を抜くな！　いいか！」
「はいっ！」

そして、すぐに打席に入る１番バッターの稜ちゃんに向かって、先生はさらに檄を飛ばす。
「長谷部、まずはお前が打たなければ試合は進まない！　必ず塁に出て井上たちをあとに続かせろ！」
「はいっ！」
「よし、行ってこい！」
「おっしゃーっ!!」
　先生が稜ちゃんの背中をバシッと強く叩き、バッターボックスへ送り出す。
　稜ちゃんは先生に小さくうなずくと、自分の頬をパンパンと叩いて気合いを入れ、力強い足どりで向かっていった。
　マウンドでは、西ノ宮の先発ピッチャーが投球練習中。
　これまで対戦したことのない西ノ宮は、試合の成績だけで見ればよく打つチーム。だけど、ピッチャーに関してはそれほど詳しいデータがあるわけじゃなくて。
　試合のビデオを見て研究もしたけど、実際に体験しないと、どれほどのものかはわからない。
　想像は想像。だから、ひとりひとりが目で見て体で感じて、この試合中に慣れていかなきゃいけない。
　まずは稜ちゃんだ。
　１番バッターはいろんな意味で重圧がかかるポジションだけど、その重圧をいつも跳ね除けてきた稜ちゃんだもの。
　今日だって、必ずすぐになにかつかめるはず。
　青雲側の応援席では稜ちゃんが打席に立つときのテーマ曲が演奏されはじめ、それに合わせて学校のみんなが一斉

に声を張り上げ歌いだした。
　応援が背中を押してくれる。大きな力になる。
　大丈夫！
　念入りに足場を整えて、バッターボックスの左側に立つ稜ちゃん。いつものようにギリッと力を込めて握ったバットは、初戦でホームランを打った幸運なバットだ。
　大丈夫！　大丈夫！　大丈夫！
　お守りを握りしめ、稜ちゃんの幸運を祈る。
　ピッチャーがやや緊張した様子で大きく振りかぶり投げた第1球は、構えたまま微動だにしない稜ちゃんの横をすり抜け、グローブの中へ収まった。
　どんな球種を投げるのかと最初から見送るつもりでいたんだろうと思う。その初球はフォークボールで、ストライクのランプがひとつ灯る。
　フォークも投げられるんだ、あのピッチャー。
　バッターの前でヒュンと落ちるフォークは、一瞬消えたかと錯覚するほど。
　さすがにうまいと言わざるを得ない。
　稜ちゃんがぐるりとバットを1回転させ、再び構え直すと、2球目が投げ込まれた。
　今度はストレート。
　──ブンッ！
　緩急をつけたピッチングに稜ちゃんは大きく空振りさせられ、またひとつ、ストライクのランプが灯った。
　稜ちゃんだって、どんなボールが来るのかを読んでいな

いはずはない。ここからファウルで粘り続け、甘い球で一気に勝負に出るつもりなんじゃないかと思う。
　西ノ宮のピッチャーも立ち上がりは良好のようで、ここは稜ちゃんの選球眼や読み、思い切りのよさとの勝負だ。
　稜ちゃんはバットを見つめ、肩で１回大きく息をした。
　そして、構える。
　西ノ宮ピッチャーは、すでに吹きでた汗をユニホームの袖でぬぐいながら、キャッチャーのリードに小さくうなずく。
　３球目もストレート。
　——カキンッ！
　少しタイミングがずれてファウルになったボールは、バックネットに高く跳ね上がった。
　ボールはまだない。ストライクがふたつ。
「当てられるぞ、稜ー！」
「落ち着いてボール見ろー！」
「打てるぞー！」
　ベンチからは、みんなの声がひっきりなしに飛ぶ。
　応援席でも、稜ちゃんを応援する声がまるで嵐のよう。
　そして、この嵐の中に、ほかの部員たちや岡田くんの声も必ず入っている。
　みんなの声を味方につけて！
「稜ちゃん、稜ちゃん……」
　わたしは小さな声で何度も名前をつぶやいていた。
　稜ちゃんが構え直すと、第４球。

ストライクゾーンを大きく外れたボールは、キャッチャーが片ひざをついて取った。
　きっといまのは遊び球だろう。西ノ宮バッテリーにはなんだか余裕があるようにも見えて……それが悔しい。
　でも、やっとひとつ、掲示板にボールのランプが灯った。
　稜ちゃんは、また足場を念入りに整えて構え直す。
　キャッチャーのリードにコクリと小さくうなずいたピッチャーが、ひとつ息を吐いて第５球を投げ込む。
　——ブンッ！
「あぁ〜……」
　青雲の応援席からは、どよどよと落胆のため息が漏れ、稜ちゃんのテーマ曲は、２回目の演奏の途中で２番の井上くんのテーマ曲に変わった。
　ワンアウト。
　掲示板にアウトのランプがひとつ、赤々と灯る。
　けれど、応援席からの声とは裏腹に稜ちゃんはそれほど悔しがっている様子はなく、井上くんと打席を変わるとき、すれちがいざまになにか言葉を交わしていた。井上くんの肩にポンと手を置く稜ちゃんは笑っている。
　なんだろう、なにかつかんだのかな、稜ちゃん……。
「ドンマイ、稜！　まだまだ序盤、１回だ！」
「まずは向こうのピッチャーに目と体を慣らさねぇと、なにも始まんねぇもんな！」
　ベンチに戻ってきた稜ちゃんに、みんながそう声をかける。
　笹本先生は稜ちゃんと視線を絡ませてうなずいただけ。

やっぱりみんな、稜ちゃんがあの５球の間で"なにか"をつかんだのがわかったんだろう。
「次は打てるぜ！」
　自信たっぷりに言った稜ちゃんに、みんなはニッと笑って、口々に「おう！」と拳を突き合わせた。
　試合はツーストライク・ワンボールの場面。
　井上くんは初球から粘って粘ってファウルを選んでいる。
　そのあとも２球ボールが続き、
「ボール！」
　井上くんが粘り勝ちし、フォアボールで塁に出た。
　ワンアウト、一塁。
　ここからはクリンナップ、攻め込むチャンスは大いにある。
　次は３番の秋沢くんだ。
　大丈夫、どんなにつらくても弱音を吐かずに練習に打ち込んできた秋沢くんだもの。やってくれる。
「行けー、秋沢ー！」
「落ち着いて行けー！」
　ベンチからはそんな声が飛ぶ。
　きつくバットを握って構えた秋沢くんに、汗をぬぐった西ノ宮ピッチャーが１球目を投げる。
　——カキンッ！
「ファウル！」
　主審が叫ぶ。
　気を引きしめ直したピッチャーの球種はストレート、秋沢くんは少し振り遅れてファウル。

「球にはついて行けてるぞー！」
「振り遅れんなー！」
　毎回の試合で声を振り絞るみんなは、もう声が掠れてガラガラだ。
　それでも、どんなに喉が痛くたって、声を出さずにはいられない。頭で考えるより先に声が出る。
　決勝ともなれば、それは必至。
　2球目は大きく空振り。
　でも、秋沢くんはここからが勝負の、粘れる選手だ。そう簡単に三振に倒れたりはしない。
　ピッチャーが構えると、一塁を気にしながらの3球目。
　――カキーンッ！
　甘く入ったボールは、秋沢くんの狙いすましたバッティングによって見事に弾き返された。
　低く低く、グラウンドに土煙を起こしながら、飛びついたピッチャーのグローブを抜け、セカンドのグローブをすり抜け……あっという間に二塁と三塁の間をきれいに抜けるヒットになった。
　井上くんは二塁ベースへ足から滑り込み、秋沢くんはわき目もふらず一塁を目指し、ベースに頭から突っ込む。
　ふたりの力走によってまたグラウンドに土煙が巻き上がり、それが徐々に晴れて……。
「セーフ！」
「セーフ！」
　一塁審判、二塁審判とも、両腕を広げてセーフをとった。

ベンチのみんなはガッツポーズ。
　応援席は拍手喝采の大熱狂。
　ワンアウト、一塁二塁。
　初回からこんなに痺れる攻撃ができているなんて……。
　いまのヒットの興奮も冷めやらぬうちに、バッターボックスには上田くんが入る。
　この大会中、4割近い高打率を誇り、怖いくらいに当てている上田くん。
　もしかしたら、彼の頭の中にはホームランのイメージだってあるのかもしれない。
　そうなれば、一気に点が入ることだって十分考えられる。
「打ってほしいな……」
「な。ほんと」
「っ!?」
　自分だけに向けたつぶやきだったのに、返事があったことに驚き、声のしたほうへ勢いよく顔を向けた。
　すると隣には、いつの間にか来ていた稜ちゃんの姿があって。
　試合中になにをしているの!?と、さらに驚く。
　目を丸くするわたしに、ふっと笑って稜ちゃんは言う。
「次の打席は必ず打つ。それだけ言いに来た」
「へ？」
「だから、俺を信じて応援して」
「……わ、わかった」
　わたしの途切れ途切れの返事に満足そうに笑った稜ちゃ

んは、すぐに試合中の凛々しい顔に戻って、みんなのほうへ戻っていった。
　な、なんだったんだろう……。
　ひとり、ドクドクと脈打つ心臓を制服の上から握った。
　こんなに大事な場面なのに、ベンチの端でノート片手に試合の記録と応援をしているわたしのところに油を売りにきてよかったのかな。
　チラリ、と盗み見ると、稜ちゃんは柵から身を乗り出して上田くんに声援を送っていた。
　すっかり試合に集中している姿に、試合前に交わした言葉も、幻覚か幻聴だったかのように思えて。
　この試合が終わったら、わたしは稜ちゃんに告白して7年の片想いに区切りをつけるつもりでいるけど。稜ちゃんはなにを話すつもりなんだろう、なんて思い始めたら、いまから心臓も胃もおかしくなりそうだった。
「キャーッ！　走ってー！」
　そんなとき、応援席から聞こえた鼓膜が破れるほどの声で一気に試合に引き戻された。
　目に留まったのは、4番の上田くんがツーベースヒットを放ち、二塁にいた井上くんが必死の形相でホームベースに突っ込んでいく、そんなシーンで。
　──ガンッ！
「キャッ……！」
　先制点が青雲に転がり込む絶好のチャンス。そんなタイミングでの井上くんと西ノ宮キャッチャーの激突に、わた

しは思わず短い悲鳴を上げていた。

　ぶつかった衝撃が強すぎたのか、すぐには起き上がれない様子のふたりに、観客席がザワザワと不穏な空気に包まれる。

　それは両校の生徒たちも、一塁、三塁ベンチでいまの激突を目の当たりにした選手たちも、みな一様に同じで。
「アウト！」
　もわもわと土煙が舞う中で、無情にも主審の声が響いた。
「……アウトかっ！」
「ちくしょーっ！」
　ベンチではみんなが柵を叩いて悔しがり、青雲の応援席は「あぁ〜……」と落胆の声で包まれた。

　絶好のチャンスだったのに、やっとひとり、ホームまで戻ってこられたのに……。

　悔しいけれど、西ノ宮の返球のほうが井上くんの足よりわずかに早かったんだ。

　痛みに顔を歪めながらゆっくりと体を起こした井上くんは、悔しそうに地面を拳で叩き、それでもスッと前を向いてベンチに戻ってくる。

　井上くんは惜しくもアウトになってしまったけれど、塁を見れば、二塁三塁で得点圏。

　秋沢くんは三塁に駒を進め、上田くんは二塁にいる。

　ツーアウトながら、次は５番の大森くんだ。

　クリンナップはまだ続いている、信じて応援しなきゃ！
「ごめん。先制点のチャンス、無駄にしちまった」

「ドンマイ、ドンマイ！」
「大丈夫！　まだまだ序盤なんだ、気にするな！」
　歯を食いしばる井上くんを、ベンチのみんなが温かい言葉と笑顔で迎え入れる。
　そうだよ、大丈夫だよ！
　あの西ノ宮相手に、初回からホームを脅かす試合運びができているんだもの。
　これからいくらでも得点のチャンスはあるよ！
「井上くん、顔に土がついてるから、これで落としてね」
「うん、サンキュ」
　わたしからウェットティッシュを受け取った井上くんは、気持ちを切り替えるようにひとつ大きく息を吐くと、少しだけ唇をかみしめ、試合の行方を静かに見守っていた。

　それからの試合は、両チームとも無得点のまま２回、３回、４回と進んでいった。
　稜ちゃんは３回裏の第２打席のときに宣言どおりヒットを打ったけど、調子を上げてきた西ノ宮ピッチャーの前に、後続の打順が思うように続かなくて。
　塁には出るものの、得点圏まで進ませてもらえず、どの回の攻撃もランナーが残塁のままチェンジになっていた。
　うだるようなこの暑さや決勝の舞台という独特の緊張感、相手から与えられるプレッシャーも、自分から背負うそれも……体力的な面だけじゃないんだもの、つらいよね。
　そんな気持ちもあって、２回の表の守備のときも、すぐ

前の打席でアウトになってしまい、気持ちを作り直す時間もないままの投球になった大森くんのピッチングが、わたしはすごく心配だったんだけど。

　守備に散るとき、北高校との練習試合のように、また稜ちゃんが『信じて投げろ』って、そう言って大森くんの背中を押したから、わたしの心配なんてまったくの不要で。

　そんなふたりを見て、心の底から実感した。

　稜ちゃんの力はすごい……！って。

　"稜ちゃん"がいるから、みんなが安心できる。

　"稜ちゃん"がいるから、みんなが無条件で信じられる。

　そこにいるだけでいいというか、精神的な支えというか、稜ちゃんはまさに"青雲の大黒柱"的な存在なんだなと、その背番号『2』を見つめながら改めて思った。

　青く澄んだ夏空の下、ボールを打つ音や応援の声、チームメイトたちの声、さまざまな音が球場に響き渡る。

　甲子園出場をかけた緊迫した雰囲気の中、青雲高校対西ノ宮学園の決勝戦は進んでいった。

Birthday

「お前ら‼　青雲の強みは攻撃じゃなかったのか！　どうしたんだ、しっかり打て！」

　8回裏の攻撃。

　打席に向かう前、笹本先生はみんなの士気を高めるために、あえて厳しい檄を飛ばす。

「はいっ！」

　みんなの疲れきった顔、稜ちゃんの額から滝のように流れ落ちる大粒の汗、ここまでひとりで投げ抜いてきた大森くんの荒い息遣い……。

　もうとっくに限界を超えている中、みんなはなんとか気力を振り絞って声を出している。

「ここまで来たんだ！　なにがなんでも優勝旗を持ち帰るんだ！　いいか！」

「はいっ！」

　檄を飛ばす先生のほうも、ダラダラと大汗をかいている。

　先生も、声は掠れ、顔には疲労の色が濃い。

　それでもチームを思って、みんなを甲子園へ連れていきたくて、先生は先生にしかできないことをしている。

　わたしには？　わたしにはなにができる……？

　この回の打順は、5番の大森くんから始まる。

　その大森くんは、バチバチと太ももを叩いて気合を入れ、打席に向かっていった。

わたしにできること、わたしにできること……。
　先生もみんなも、自分にしかできないことをしている。
　なのに、わたしはなにも思いつかないし、なにもない。
　……どうしよう。
　手に握ったお守りは、いつしか自分がかいた汗のせいで嫌な感触に変わっていて、体のいたるところから汗が吹きだし、寒くもないのに体全体が震える。
　みんなの力になりたいのに、なにもできない自分が悔しくて。なんでもいい、なにかしてあげたいのに、なにもしてあげられない自分が情けなくて……。
　そんなときだった。
「大丈夫だ。9回には俺の打席がまた回ってくる。必ず打ってみせるから、なにも心配すんな」
　頭のてっぺんまでガクガクと震えるわたしに、稜ちゃんがすっと声をかけてくれる。顔を上げると、にっこりと微笑みながら"大丈夫"とわたしを見下ろしていた。
　でもわたし……。心配とかじゃなくて、なにか自分にできることが欲しいの。みんなのためになにかしたいの。
「……わたしにできることがないよ。わたし、みんなになにもしてあげられない」
　気がつくと、すがるように稜ちゃんにそう言っていた。
「なに言ってんだよ。いままで俺らをたくさん支えてくれたじゃん、3年間ずっと。それだけで、もう十分」
「でも……」
「さっきも言ったろ？　信じて応援していればいい。それ

が必ず俺らの力になるから」
　稜ちゃんはまた優しく微笑んでくれたけど、わたしは返す言葉が見つからなくて、歯がゆい気持ちを抱えながら唇をかみしめて黙り込む。
「"甲子園に行きたい"っていうのは、俺がガキのときからずっと変わらない一番の夢だ」
　稜ちゃんは自分の子どものころを懐かしむように、グラウンドを見つめて、少しだけ眩しそうに目を細めた。
　そしてバッターボックスの大森くんを見つめながら、くすぶり続けている今日の青雲打線に悔しさをにじませるように、そう言った。
　……いつの間にか試合は進んでいたらしい。
　三振に倒れた大森くんはバットで地面を叩いて悔しさを全身で表し、続いて6番の村瀬くんへ打順が回る。
「最初は自分が出たいから野球をやってた。でも、いまはちがう。あっ、くそっ！　またフォークか……」
　村瀬くんが渾身の力を込めて振ったバットは空を切った。
　それでも村瀬くんはひるまずピッチャーに立ち向かう。
　稜ちゃんは試合から片時も目を離さずに、わたしに語りかけてくる。
「でもいまは、甲子園に連れていきたい人がいる。このチームで甲子園の土を踏みたいと思ってる」
　稜ちゃんは、この切羽詰まった状況にいるとは思えないほど、穏やかな口調で話を続けている。
　それとは反対に、わたしは稜ちゃんと試合のふたつでバ

クバクと鳴る心臓を落ち着かせるので精いっぱいで、うなずくことも返事をすることも、相づちを打つこともできなかった。
「自分のためだけに戦っているわけじゃないんだ、俺たちは。一緒に汗を流した仲間のため、先輩たちのため、先生のため、学校のみんなのため……」
「う、うん」
　やっと少しだけ、声が出る。
　稜ちゃんがゆっくりと語る間に、すでに村瀬くんはツーストライクと追い込まれている。
「村瀬ー！　集中だー！　ボールよく見ろー！」
　稜ちゃんが、西ノ宮ピッチャーに果敢に挑む村瀬くんに声の限りのエールを送る。すると、その声が耳に入ったらしい村瀬くんは、ベンチを見て力強くうなずいた。
「村瀬だって自分のためだけじゃないんだ。大事な人のためにも、ああやってバットを振ってる」
「うん」
「俺の一番は、やっぱり……」
「あっ、惜しいっ！」
　村瀬くんのバッティングがあまりに惜しくて、稜ちゃんの声を遮って思わず声を上げてしまった。
　村瀬くんは健闘虚しくアウトに終わり、ツーアウト、ランナーなしの状況に追い込まれる。
　目まぐるしく打席が代わる。
　次は７番の千葉くんだ。

「──なあ」
「あ、ごめん。話の途中で……」
「いや、いいよ。なあ、マネージャー」
「ん?」
「"甲子園に連れてって"って言ってくれない?」
「えっ……?」
　その瞬間、息が止まった。
　ここにあるすべての音が消えたような気がして。
　稜ちゃんとふたりきり、この世界から切り取られたような気がして。
　でも実際は、甲子園出場を賭けた大事な大事な試合のまっ最中で、回はもう終盤の8回、裏の青雲の攻撃。
　ただただ目を見開いて驚くばかりのわたしに、あのころと同じキラキラした瞳を向けて、稜ちゃんが再度、言う。
「……1回だけでいいから、言って。そしたら俺、次はどんな球がきても打てる気がする」
「…………」
　ツーアウト、ランナーなし。
　こんな状況なのに、そんな瞳で見つめられると涙がとめどなくあふれてきて、こらえるのが難しい。
　小さなころ、稜ちゃんと指きりげんまんして約束した甲子園。その甲子園へ稜ちゃんが連れていってくれる……?
　"連れてって"って、わたし、言ってもいいの?
　自分のために戦ってほしい、わたしはずっとそう思ってきた。でも稜ちゃんは、誰かのために、仲間や先輩や先生

や、いろんな人たちのためにも戦っていると言った。
　そして、わたしに"甲子園に連れてって"と言ってほしいと言っている……。
　いいの？　わたしが言ってもいいの？
「どうしても連れていきたいんだ、百合を。だから……」
　稜ちゃんは一点の曇りもない澄んだ瞳でわたしの目をまっすぐに見つめ、わたしの頭に熱いくらいの手を置く。
　もう、止まらない。止められないよ、稜ちゃん……。
「……甲子園に……連れてって。お願い……」
　わたしの口から、そう途切れ途切れに出た瞬間。
「アウト！」
　審判のその声とともに、短い8回の裏は終わった。

　試合はいよいよ最終9回へ。
　8回まで、両チームとも無得点のまま。
　得点板にはきれいに"0"が8つずつ並んでいる。
　表の守備に向かう前に、稜ちゃんたちはがっちりと円陣を組んだ。
「この回で絶対に決着をつけるぞ！　ホームは誰にも踏ませない！　だからみんな、俺を信じて投げろ！」
　稜ちゃんが叫ぶ。
「オーッ！」
「最後の1球まで全力で！　この表さえしのげば必ず勝機(しょうき)が見えてくる！　諦めるな！」
「オーッ！」

「ひとりはみんなのために、みんなはひとりのために！」
「オーッ！」
「みんなを甲子園へ！　いくぞー、青雲……」
「オーッ！」
　──ダンッ！
　さらに結束を固めるように、みんな一斉に足で地面を踏み鳴らす。そして円陣を解き、青雲ナインたちはそれぞれの守備位置に向かってグラウンドに散っていった。
　そうだよ、稜ちゃん、稜ちゃんがいる限り、青雲のホームは誰にも踏まれない。
　誰にも踏ませたりなんかしない。
　稜ちゃんはみんなのために、みんなは稜ちゃんのために。青雲高校を応援してくれる、すべての人のために……。
"One for all , all for One"
　これが一番、大事なこと。
　そうだよね。みんな自分のためだけじゃない、ひとりひとり、大切な人を想って戦うんだ。
　予選大会が始まったころは、自分たちのために戦ってほしいと思っていたけど、わたしのその考えはまちがっていたのかもしれないね。
　稜ちゃんは、わたしに大事なことを気づかせてくれた。
　"自分のために"、それはもちろんある。
　だけど、もっと大事なこと……。
"誰かのために"
"応援してくれる人のために"

そういう想いが奇跡を生んだり素晴らしいプレーを生む。

野球は気持ちでも戦うんだ。

キャッチャーボックスに向かって走っていく稜ちゃんの背中を見て、わたしは思った。

"必ず勝てる。わたしの前じゃ、稜ちゃんは負けない"

これでいい。これでいいんだ。

『甲子園に連れてって』

そう言ってよかった。

わたしの言葉や応援で稜ちゃんたちが最高のプレーができるというのなら、わたしは喉が裂けても叫び続けるよ。

"大丈夫！　信じてる！　打てる！"

"わたしの心は、いつでもみんなと一緒だからね！"

"みんなで甲子園に行こう！"

そう叫ぶよ、わたし……。

最後の1球まで、信じることを諦めたりしない。

どんなときも、絶対に諦めないで信じるよ……。

マウンドでは、西ノ宮の先頭打者をキャッチャーフライに倒す大森くんのピッチングが光っていた。

1球ごとに肩を大きく上下させてハァハァと息をする大森くんは本当につらそうで、わたしの胸は否応なしに苦しくなって、喉の奥がぎゅっと締めつけられる。

手元のスコアノートに"正の字"の五画目を書き込むと、いまの球でちょうど120球目だった。

ここまでそれだけのピッチングをしてきたんだもの、肩の疲労も半端ではないだろうし、体力だって、きっともう、

とっくに限界を超えているはずだ。
　それでもマウンドにはボールを投げ続ける大森くんがいる。
　稜ちゃんを信じて、みんなを信じて投げ続ける大森くんの姿が、マウンドにはたしかにある。
「あとふたりだよ！　がんばってー！」
　わたしは力の限り、大森くんに届くように声を振り絞る。
　そうだよ。
　わたしには"信じて応援する"、それがあるじゃない。
　これもきっと"One for all , all for One"のひとつの形。
　わたしはみんなのために……！
　次のバッターが打席に入る。
　稜ちゃんの出したサインに大森くんは大きくうなずき、そして１球目、渾身のストレートを放つ。
　──ブンッ！
　バッターは大きく空振り。
　勢いあまって転びそうになり、片ひざと左手を地面についてこらえたバッターのまわりを土煙がもわりと舞った。
　西ノ宮も"負けられない"って気持ちは同じだ、最後の攻撃に全身全霊をかけてバットを振っている。
　神様、わたしたちに力を……。
　あとふたり、あとふたりで青雲の攻撃に代わるから。
　それまで大森くんの体力をどうかもたせて……。
　大森くんの２球目はカーブだった。
　西ノ宮バッターのバットが、またしても空を切る。

まだまだ大森くんのコントロールは冴えている。球速だって衰えを知らない。
「キャプテンを信じて投げて！」
　西ノ宮の悲鳴にも似た応援にかき消されないように、わたしも必死に声を出した。
　3球目は、またストレート。
　——ブンッ！
「アウト！」
　主審がそう叫んでアウトを取る。
　西ノ宮の応援席からは落胆のどよめきが、青雲の応援席からは歓声と拍手が起こり、ここで皮肉にも8回裏の青雲の攻撃場面が西ノ宮側で再現された。
　ツーアウト、ランナーなし。
　あとひとりで攻守がチェンジする。
　ここにきてたった3球でアウトを取るなんてと、計り知れないくらい強くなった大森くんのメンタル面に舌を巻く。
　稜ちゃんも、大森くんの余力を考えての絶妙なリード。
　ふたりの阿吽の呼吸がものを言うアウトの取り方で、このバッテリーはやっぱりすごいなとしみじみ思う。
　けれど、打席に入った3人目のバッターを見て、心臓の鼓動がドクドクッと嫌な音に変わっていった。
　このバッターには、もう2回のヒットを許している。
　2回とも得点には結びつかなかったけれど、彼が塁に出ると、そのあとに続くバッターが本当にきわどいところまで攻めてくるから、なんとかアウトに打ち取りたい。

どちらも喉から手が出るほど点が欲しいいまの状況なら、裏の攻撃の青雲にプレッシャーを与えるためにも、大きな一発、つまりはホームランを狙って打ってくる可能性もあるんじゃないだろうかと思う。
　それに、もしこのバッターがホームランではなくても塁に出たら、次のバッターはそこをついて必ず攻めてくる。
　なんとか打ち取って……！
「キャプテン！　大森くんっ！」
　そう叫んだ瞬間……。
　──カキーーーンッ！
　心臓が破裂するんじゃないかと思うほどの快音に、わたしはまばたきすら忘れてハッと息を呑んだ。
　甘く入った大森くんのストレートに照準(しょうじゅん)を合わせたバッターが、ここぞとばかりにフルスイングをしたんだ。
　稜ちゃんが構えるキャッチャーミットの前で弾き返されたボールは、ぐんぐんスピードを上げて空に高く昇る。
　セカンドの頭上を矢のように飛んでいき、前傾守備を取っていた外野は急いでボールを追っていく。
　稜ちゃんはキャッチャーマスクを脱ぎ捨ててホームの上に立ち尽くし、大森くんは打たれたボールの軌道をただ目で追う。
　絶体絶命のピンチ……！
　どうか取って！　お願いっ！
「お願い、みんな……」
　祈るような気持ちで見つめていたわたしは、外野フェン

スぎりぎりでボールの軌道の真下に入ったセンターを目にして、胸をなでおろす。けれど、目の前に防御マットの壁があることに気づいて……。
　このままだと、ぶつかっちゃう！
「危ないっ！」
　そう叫んで、わたしはとっさに目をつぶってしまった。
　すると、息を呑むような一瞬の静寂のあと、青雲側の応援席から「キャーッ！」という声が湧き起こった。
　その声は喜びか、それとも……。
　おそるおそる目を開けると、そこには倒れ込みながらもグローブを高く突き上げているセンターの姿があって。
　……そうか、防御マットに激突しながらも、ボールはしっかりキャッチしたままでいたんだ。
「アウトー！」
　グローブの中のボールを確認した塁審が声高らかにアウトを叫び、9回の表は終わった。
「根岸、行ってこい！」
「はいっ！」
　いよいよ青雲の攻撃のとき。
　打順は8番の根岸くんから。
　先生に背中を叩いて気合いを入れてもらった根岸くんは、自分のテーマ曲が演奏される中、力強く土を踏みしめて打席に向かった。
　ふと視線を向けると、バットを持ってウォーミングアップをしている稜ちゃんとはたと目が合った。

がんばって！と声援を送ろうかと考えているうちに稜ちゃんがこちらに向かってきて、あっという間にわたしたちの距離は触れ合えそうなくらいに近くなる。
「ホームラン、百合のために絶対打ってみせるから。一生忘れられない夏にしてみせる」
「……うん。甲子園、必ず連れてってね、稜ちゃん」
　もうわたし、試合の興奮で自分がなにを口走っているかなんてわからなくなっているんだ。
　気がついたときには、わたしを見つめて言い切った稜ちゃんをわたしもまっすぐに見つめ返して、そう言っていた。
　ふっと表情を和らげた稜ちゃんが言う。
「試合が始まる直前にも言ったけど、ガキのころに約束したじゃん、必ず甲子園に連れていくって。俺にはこの四つ葉のクローバーがある、大丈夫」
「……うん。そうだね」
「今日の試合で打つって決めてるんだ、俺」
「うん。がんばって。応援してる」
「サンキュ」
　稜ちゃんが、スッと試合のときの凛々しい顔に戻る。
「行ってくる」
「うん。信じてる」
　そうしてまた、わたしの頭にポンと手を置くと、ネクストバッターズサークルへと歩いていった。
　その勇ましいうしろ姿、7年間ずっと好きで好きで仕方がなかった人の背番号2を見送りながら、試合に目を戻す。

すると……。
　——カキンッ！
「キャーーッ！」
「走れーっ！」
「行けーっ、行けーっ！」
　根岸くんがこの決勝戦、9回裏の大事な大事な場面で、青雲の得点に結びつく最初のヒットを打っていた。
　応援席では根岸くんの名前を叫ぶ黄色い歓声が、ベンチでは、ガッツポーズをするみんなの「おっしゃーっ‼」という雄叫びが響く。
　この大事な場面で、プレッシャーを見事に跳ねのけた根岸くん。
　その渾身のヒットに、わたしもいつの間にかスコアノートをぐしゃっと握りつぶしていた。
　バンバンッとメガホンを叩く無数の音、ドドドドッという太鼓の連打、すべてが塁へ出た根岸くんへ送られた祝福のエールだ。
　根岸くんに続け、萩尾くん！
　打席には9番の萩尾くんが入った。
　ランナーは一塁、ノーアウト。
　笹本先生はバントの指示。
　萩尾くんはそれを見て深くうなずいた。
　大丈夫、萩尾くんはバントの練習だってたくさんしてきたんだもの、ここで必ず送ってくれる……！
　萩尾くんは、打席に入った時点で、もうバントの構え。

一塁の根岸くんは、慎重にタイミングを計りながらジリジリと二塁への距離を詰めていく。
「自信持てー、萩尾ーっ！」
「当てられるぞーっ！」
　ベンチではそんな声がひっきりなしに飛び交い、ワーワー、キャーキャーと、球場全体が異様な熱気に包まれる。
　その熱気の中、西ノ宮ピッチャーがフゥーッと大きく息を吐き、そして、すっと構える。
　そして、キャッチャーミットめがけてボールを放った。
　──パシッ！
　指が抜けたのかもしれない。
　１球目は、あわやデッドボールになろうかというボール球。
　萩尾くんはそれを体をよじってスレスレのところで避け、西ノ宮キャッチャーが慌ててボールに飛びついた。
　萩尾くんのテーマ曲が、ガンガン流れている。
　応援の声はほとんど悲鳴。
　ワンボール。
　得点版にランプがひとつ灯る。
　萩尾くんはバットを構え直して次の１球を待ち、そこに西ノ宮ピッチャーが２球目を投げ込む。
「ボール！」
　今度は地面にボールを叩きつけるような投球。
　コントロールが定まらず、投げられたボールはキャッチャーに届く前に地面に当たって跳ね返った。
　萩尾くんは余裕を持ってそれを見送り、ツーボール。

バットを握り直した萩尾くんが再び構えると３球目。
　──カンッ！
　うん、絶妙なバント。
　コロコロと一塁側の白線に沿ってボールが転がっていく。
　──ダダダダダダダダッ！
　根岸くんは二塁を、打った萩尾くんは一塁を目指して全力で駆ける。
　ふたりの姿を目で追いながらも、打球の様子が気になり、そちらへ視線をずらすと、ボールに追いついたキャッチャーが素早い判断で一塁に送球する場面だった。
　再び萩尾くんへと目を向ければ、ベースまでの距離はあと４分の１ほどだろうか。
　西ノ宮キャッチャーの送球が勝つか萩尾くんの足が勝つかという、きわどい勝負になりそうなハラハラする展開。
　萩尾くんの全力疾走を目で追う中、ちらりと視界に入った根岸くんは、ベースまであとわずかと迫っていて、こちらは余裕で塁に立てそうだ。
　と、そのとき、西ノ宮キャッチャーが投げたボールがスライディングする萩尾くんの上を追い越した。
　──ズサーーーッ！！
　もわもわと土煙を巻き上げながら、萩尾くんが必死に一塁ベースに手を伸ばす。そんな萩尾くんの背中には、西ノ宮ファーストのグローブ……。
「アウトーッ！」
　審判が叫ぶ。

「ナイスバント！　萩尾ー！」
「よくやったぞー！」
　すぐに立ち上がってベンチに戻ってきた萩尾くんは、アウトにこそなったものの、大役を果たしたという達成感で満ち足りた表情をしている。
　手を差し出すみんなに、ニコニコしながら軽快にタッチしていった。
　試合はワンアウト、二塁。
　次は稜ちゃんの打席だ。
　稜ちゃんはさっき、わたしにこう言ってくれた。
"ホームランを今日の試合で打つって決めてる"
"百合を甲子園に連れていく"
　信じてる。疑わない。
　あんなにまっすぐにわたしを見てくれた稜ちゃんの目は、絶対にうそをつかない。
　ホームランを打つこと、甲子園に連れていってくれること。
　子どものころに指きりげんまんしたあの約束をずっと覚えていてくれてたんだもの。
『必ず百合ちゃんを甲子園に連れてってあげるから』
　あのときの稜ちゃんの声が頭の中によみがえる。
　稜ちゃんは必ず打つ。
　わたしを必ず甲子園に連れていってくれる。
「稜ちゃん……稜ちゃん……」
　わたしは、お守りを握りしめながら、まるで呪文のように稜ちゃんの名前を唱えていて。

「稜ちゃん……」
　頭の中も心の中も、もう稜ちゃんしかない。
　稜ちゃんが打席に入ると流れ出す、稜ちゃんのテーマ曲。
　澄み渡った青空も、真夏の太陽も、球場に吹く風も、きっと全部が稜ちゃんの味方……。
　大丈夫、必ず打てる！
　打席に入った稜ちゃんは、すぐにイチローを真似してバットを一回、グルリと回した。
　……ホームラン予告。
　本当に打つ気でいる。かっこいい……。
　そして、足場を入念に整えると、おもむろに構えて威圧感たっぷりにピッチャーをにらんだ。
　この顔……ゾクゾクする。
　これが"勝負師"としての稜ちゃんの顔だ。
　けれど、対する西ノ宮ピッチャーも、稜ちゃんの威圧に負けてはいない。
　時間をたっぷりとかけてキャッチャーから出されたサインに深くうなずき、眼光鋭く稜ちゃんを見据える。
　青雲はサヨナラのチャンス。
　西ノ宮はサヨナラのピンチ。
　どちらも"負けられない"という気迫のぶつかり合いで、マウンドに砂嵐を起こしそうなほどだ。
「……ゴクッ」
　わたしの喉がまた鳴った。
　もう口の中はカラカラで、唾を飲み込むのも痛い。

だけど。
「信じてるよー！　どんなときも信じてる！」
　お腹の底から声を絞り出す。稜ちゃんまで届くように。
　わたしには"信じて応援する"という、稜ちゃんやみんなと心をひとつにして戦う、わたしだけの戦い方があるから。
　それを教えてくれたのは稜ちゃんだから。
　声が枯れても、応援し続ける。
　ピッチャーが構えると、1球目が投げ込まれた。
　——パシッ！
　まっすぐのストレート。
　稜ちゃんは微動だにせずにそのボールを見送った。
　ベンチも応援席も、よりいっそう応援の声が強くなる。
「打てー！　稜ー！」
「甲子園に行こうー！」
　ベンチでは柵が壊れるんじゃないかというほどにガシガシと揺すって応援するみんな。
『打てよー、打てよー、打て打てよー！』
　応援席では全校生徒の大熱唱。
「打てるよ、稜ちゃん……」
　わたしはどうしようもなく浮かんでくる涙を手の甲でぬぐいながら、何度も何度もそうつぶやく。
　そんな中、2球目が投げられた。
　今度は内角高めのカーブ。
　——ブンッ！
　稜ちゃんが渾身の力を込めて振ったバットは空を切った。

こんなに応援の声や演奏で球場がガヤガヤしているのに、バットを振った音が聞こえた気がして。
「稜ちゃんっ……！」
　思わずそう叫んだわたしは、涙で稜ちゃんがぼやけて、姿がはっきりしない。
　……でも、わたしが信じて見ていないとダメなんだ。
　サッと涙をぬぐい、再び構えた稜ちゃんに目を凝らす。
　３球目。
「ボール！」
　ストライクゾーンを大きく外れたボールはキャッチャーが慌てて飛びついてやっと取れたほど。
　西ノ宮ピッチャーだって緊張や疲れやプレッシャーが重くのしかかっていないはずはなく、どうやら球が荒れてしまったらしい。
　それから４球目、５球目とも、西ノ宮ピッチャーは立て続けにボールを出し、稜ちゃんは軽々と見送り、息つく間もなくツーストライク、スリーボールのフルカウント。
　バッターボックスの中でにらみを利かせてどっしり構える稜ちゃんは、普段の何倍も大きく見える。
『打てよー、打てよー、打て打てよー！　お前が打たなきゃ誰が打つー！』
　応援団の太鼓とメガホンが打ち鳴らされる中、わたしは必死に必死に願う……。
　稜ちゃん、打って！
　そして、６球目が投げられた。

ど真ん中のストレート。
　稜ちゃんは片足を上げてグイッとバットを引き、投げ込まれたボールにタイミングを合わせる。
　この瞬間、わたしにはすべての動作がスローモーションに見えた。ひとコマひとコマ、連続写真を撮っているような、そんなふしぎな感覚。
　表情を歪めながらバットを振り下ろす稜ちゃんの顔……。
　ボールがバットに近づいていく、まさにその瞬間。
　応援の声、太鼓やメガホンの音。
　誰のどんな声も、誰のどんな表情も、わたしには全部がスローモーションで……。
「稜ちゃん、打ってーー！」
　声が枯れそう、喉が裂けそう、気を失いそう……。
　それくらい、わたしは力いっぱい稜ちゃんの名前を叫んだ。
　そして、次の瞬間。
　──カッキーーーンッ！
　心地よく耳に届く乾いたバットの金属音が、夏の空に、この決勝戦の舞台に、高らかに鳴り響いた。
　球場全体が水を打ったように静まり返り、誰もがただ１点を見つめて息を呑んでいる。
　稜ちゃんが打ったボールは……それはそれは、きれいな放物線を描いて空に吸い込まれていった。
　真夏の空の中へ、まっすぐに、少しもためらわず、ただただ上だけを目指して。
　わたしの耳には、ふしぎとなんの音も入らない。

静寂を裂いて飛んでいくボールの音以外は、なにも。
　応援席のほうからは、徐々に歓喜の声が上がりはじめた。
　ベンチのメンバーや笹本先生は、口をポカンと開けたまま。
　まだこの状況がまったく飲み込めていない様子で、まさに放心状態で。そしてわたしは……。
「稜ちゃん……稜ちゃん……おめでとう……」
　それしかもう……。

夢の続き

　それからわたしは、いったいどうしたんだろう。
　なにもかもがあまりにも鮮明で、刺激的で、感動的で。
　夢と現実の境目も、ずっとあやふやなままだ。
　ただ、目に焼きついて離れないのは、泣きながらダイヤモンドを一周する稜ちゃんの姿……。
　稜ちゃんが打ったボール。
　それは、サヨナラ勝ちを決めたホームランだった。
　虹のように緩やかな曲線を描いて場外まで飛んでいった、特大のサヨナラアーチ。
　その瞬間を見ていたわたしは、そのあとどうしたんだろう。
　その場にうずくまって声を上げて泣いたのかな？
　それとも稜ちゃんとハイタッチをしたのかな？
　誰かと抱き合って喜んだのかな？
　……どうしたんだろうね、本当に覚えていないんだ、わたし。
　すべてが終わってみれば、決勝戦のスコアは【2―0】。
　青雲高校が20年ぶりに甲子園への切符を手に入れた。
　歓喜の涙を流す青雲。
　ホームを踏んだ稜ちゃんに走り寄って抱きつくみんな。
　あふれる涙を手で覆って、男泣きをする笹本先生……。
　そこからわずかにアングルを変えると、悔し涙にくれる西ノ宮学園の姿がそこにはあった。

女子生徒たちが声を上げて泣き、男子生徒もすすり泣いて。
　マウンドでは、野球帽を目深に下げるピッチャーの肩になぐさめるように手を置くキャッチャーの姿……。
　そんなシーンを、断片的にしか思い出せないんだ。
　試合終了のサイレンが鳴り響くグラウンドで、笹本先生を、そしてサヨナラホームランを打った稜ちゃんを胴上げするみんな。
　青雲の応援席からは、惜しみない称賛の拍手や口笛、ちぎれんばかりに手を振る選手たちの家族の泣き笑い顔。
　1年生の部員と抱き合って号泣している岡田くんの姿。
　西ノ宮の応援席からも、号泣しながらベンチに戻ったナインに、"よく最後まで戦った！"と拍手が起こって。
　その拍手は、青雲にも贈られた。
　そして、日に焼けた黒い肌を興奮の赤に染め、肩を震わせながら青雲の校歌を歌うみんな……。
　この日に新しく書き加えられた頭の中のギャラリーは、どれを取っても最高の写真ばかり。
　最高のシーンの数々。
　高校最後の夏。
　ここで終わるんじゃなくて、まだまだ続いていくんだ。
　ここから始まるんだ……。
　夢の甲子園。それが目の前にある。
　こんなに素晴らしいことなんて、もしかしたら一生かかっても見つけられないかもしれない。
　そんな場面に一緒にいられたことが、わたしの一生の誇り。

優勝旗を誇らしげに受け取る稜ちゃんの横顔は、わたしの心をぎゅーっと締めつけて。
　青雲の応援席へみんなを引き連れてあいさつをしに行く稜ちゃんの背中は、わたしの涙を誘った。
　きらびやかな装飾がちりばめられた優勝旗を見せてくれた稜ちゃんのうれしそうな笑顔は、わたしを最高の笑顔にしてくれた。
「これで百合との約束がひとつ守れたよ。ありがとな」
　そう言ってわたしの手を握ってくれた稜ちゃんの手は、熱くて優しくて、とても愛しくて。
「……ううん。わたしのほうこそありがとう、稜ちゃん」
　わたしはまた、どうしようもないくらいに稜ちゃんに恋い焦がれた。

　閉会式を終えてからは、学校に戻って部室に集まって、そしてまた、みんなで号泣して。
「ありがとう……ありがとう……」
　顔をくしゃくしゃにして泣く笹本先生は、何度もそう言って部員全員と握手していた。
　岡田くんは、稜ちゃんに抱きついたまま、なかなか離れなくて、引きはがすのがちょっぴり大変だったり。
"稜の前ではピッチャーの俺でいたいから"
　それで岡田くんは野球をやめた。
　だから、稜ちゃんが甲子園の土を踏めることが自分のことのようにうれしいんだよね。

稜ちゃんの目にも岡田くんと同じくらい大粒の涙が光っていて、そんなふたりの姿にわたしもまた涙した。

　わたしのスマホには、お父さんやお母さん、ココちゃんやクラスの友だち……本当にたくさんの人たちからの電話やメッセージがひっきりなしに届いて。
『百合子、父さんだ！　決勝、ラジオで聴いてたぞ！　稜くんたち、とうとうやったな!!　今日は宴会だ！』
　お父さんは仕事中だったのにわざわざ電話をくれて、勝手に宴会の予定まで立てちゃったりして。
『お母さんよ！　甲子園出場おめでとう！　今日は特上のお寿司でお祝いしなきゃね！』
　お母さんからの電話もこんな調子で、お父さんとそっくり。
「ケーキも焼いてよね？」
　冗談半分でお願いしてみたら、
『当たり前よ！　特大ケーキ作ってあげるから！　あっ、いけない、ケーキの材料買いに行かなきゃ。じゃあね！』
　と、鼻息を荒くし、わたしの返事なんてお構いなしに電話を切った。
　それからも、壊れちゃったんじゃないかと思うほどに、電話やメッセージは鳴りっぱなし。
『おめでとう！　まだ信じられないくらいだよ〜！』
『甲子園なんて夢みたいだよ！　野球部すごすぎっ!!』
『超泣いたよ〜、おめでとう、百合子！』
　クラスの友だちから、ものすごく興奮した様子の電話を

受けたり。
【百合〜っ！　あんたの稜ちゃんは最高の男だよっ‼】
　ココちゃんからのこんなメッセージに吹きだしたりしているうちに、あっという間に電池切れ。
　本当にたくさん、たくさん、お祝いの言葉が届いた。

　それから、絶対に忘れちゃいけないことがもうひとつ。
　甲子園出場を賭けて戦った、西ノ宮の女子マネージャー。
　彼女は同じ３年生で、名前を川崎葵ちゃんと言った。
　ココちゃんと折った千羽鶴を持って控え室に戻るとき、うしろから声をかけられて。
　振り向くと、葵ちゃんも千羽鶴を持って立っていた。
「はじめまして。西ノ宮３年マネージャーの川崎葵です。甲子園出場おめでとうございます」
「は……はじめまして。ありがとうございます」
　葵ちゃんとわたしは、揃って長いことお辞儀をしていた。
　やがて、ゆっくりと顔を上げた葵ちゃんは、目にたくさん涙を溜めて、それでもにっこりと微笑みながら、
「健闘を祈っています。甲子園で勝てますように、わたしたちのこの千羽鶴を、どうぞ受け取ってください」
　そう言って、自分たちの夢が詰まった千羽鶴をわたしに、青雲高校に託してくれた。
「ありがとう……。精いっぱいがんばってきます！」
「はい！」
　ふたりで固い握手を交わして。

葵ちゃんもわたしも、泣きながら手を振って別れて。
　わたしたちは今日、葵ちゃんの夢や西ノ宮学園野球部の夢や、甲子園を目指して汗を流したり応援したりした、すべての人の夢の上に立った。
　だから、忘れちゃいけない。
　葵ちゃんの涙、託してくれた千羽鶴の重み、同じ夢を追いかけた人たちの笑顔……。
　そんなみんなの夢を背負って、わたしたちは甲子園の土を踏まなきゃならない。
　だからこそ、忘れちゃいけない。
　今度はわたしたち青雲がみんなの夢のために戦うんだ。
　甲子園という夢の舞台で。
　甲子園の高みを目指して……。
　葵ちゃんとはもう会うことはないかもしれないけれど、もしも、いつかまた、会える日が来たら。
　そのときは、甲子園のお土産話をたくさんしたいと思う。
　一緒に笑って、一緒に泣いて……。
"最高の夏だったよ！"
　って、そう伝えたいと思う。
　胸に抱いて持ち帰った、葵ちゃんがくれた千羽鶴。
　その一羽一羽を眺めながら、わたしにはまたひとつ、大きな目標ができた。
"みんなに恥じることのない青雲野球を、甲子園で……"

こくはく

　……本当にどうしたらいいんだろう。
　いまさらながら、とんでもなくドキドキしてきた。
　決勝のプレーボール直前、稜ちゃんに『話したいことがある』と言われて、わたしも同じ言葉を返して。
　そしていま、稜ちゃんとふたり、部室にいるわけだけど。
「……」
「……」
　こうしてお互いになにも喋らないまま、いったい、どれくらいの時間が過ぎたんだろうか。
　予選大会が終わったら告白して、7年の片想いに区切りをつけるつもりでいたはずが。口を開こうとしては、勇気が出ずに言葉を飲み込んでばかり。
　それでも稜ちゃんの様子が気になり、チラチラとそちらをうかがってしまうんだから、もうバカみたいだ。
　夕方になり、部室の窓からオレンジ色の夕日が差し込むここは、さっきまで54人全員が集まっていた場所だ。
「まだ信じらんねぇよ。すげぇ先輩たちだよな」
「この学校に入ってよかったよ、俺……」
　1、2年生たちが口々にそう言いながら部室をあとにし、家路について。
「稜がキャプテンで本当によかった。高校最後の年に甲子園に行けるなんて……。母ちゃんを喜ばせてやれるよ」

「俺は補欠だったけど、稜が"みんなを甲子園へ"って言ってくれたとき、すげぇうれしくて涙が出た。稜についてきてよかった、ありがとうな」
「俺ら補欠組の夢も一緒に背負ってくれてありがとう。稜は最高のキャプテンだ!」
　応援に回った３年生の部員たちからも、そんな言葉が稜ちゃんに贈られた。
　その部員たちも、ひとり、またひとりと帰っていった。
「がんばれよ、稜!」
　岡田くんは、どういうわけか顔をニマニマとほころばせながら、稜ちゃんの背中をバシッと叩いて帰っていって。
　そんな言葉の数々を聞きながら、葵ちゃんからもらった千羽鶴や部室の片付けをしていたわたし。
　本当に最高の仲間だね、と、改めて青雲高校野球部の一員としてここにいられる幸せをかみしめていた。
「職員室に顔を出してくるから」
　そう言ったきり、笹本先生はかれこれ１時間近く戻ってこない。きっとほかの先生たちに捕まっているんだろう。
　そうしてこの部室には、稜ちゃんとわたし、ふたりきりの空間ができあがったわけだけれど。
　試合が終わって数時間がたつと、あのときの自分の異様なまでの高ぶったテンションに猛烈に恥ずかしさが込み上げ、思うように口が開いてはくれなかった。
　どうして"稜ちゃん"なんて言えたんだろう。
　どうして稜ちゃんはわたしを"百合"と、ずっと呼んで

はくれなかった名前で呼んだんだろう。
　考えだすと止まらなくて。
　でも、告白しないと、と、それだけは強く思う。
　稜ちゃんには好きな子がいる。それはどうにもならないけど、それでも告白するって決めたんだ。
　がんばれ、わたし。
「あ、あの……」
「なあ……」
　それは同じタイミングだった。
　振り向くのも、声を発するのも。
　ありったけの勇気を奮い起こして振り絞った声は、稜ちゃんの声に重なって部室の壁に吸い込まれた。
　目が合って、ふたりでとっさに逸らす。
　まさか稜ちゃんも同じタイミングで振り向くとは思わなかったから、びっくりして心臓が変にバクバクする。
「……あの、話したいことって？　わたしも、って言ってたから」
「ああ、うん、こんなことを言って困らせるだけだってわかってるんだけど、どうしても言いたいことがあって。えと、えっと、その……ホ、ホームラン、すごかった！」
「え？　……ああ、うん、サンキュ」
　……ああ、ダメだ、いざ言おうと思うと勇気がしぼむ。
　サヨナラホームランはたしかにすごかった。すごかったけど、いまは告白しようとしているところであって。
　言っていることも前半と後半とじゃ内容が全然かみあっ

ていない。
　稜ちゃんだって驚いているし、もうほんと、なにをやっているんだろう、わたし。
　視線を落とし、スカートの裾をぎゅっと握り、落ち着け、落ち着け、と自分に言い聞かせる。
　すると、目の前にスッと影が差して、
「……サンキュ」
　ぽつりと落とされた声に顔を上げると、こちらをまっすぐに見つめる稜ちゃんの瞳と視線が絡った。
「あのホームランが打てたのは、百合のおかげだよ。ちゃんと俺のところまで届いてた。……バースデーホームラン、決勝まで残れたら必ず打つって決めてたんだ。だから、なによりの力になった。おめでとう、18歳」
「え、誕生日……わたしの……うそ……」
　ふわりと笑う稜ちゃんの顔を見つめて言葉を失う。
　今日がわたしの誕生日だったなんて、稜ちゃんに言われるまで気づきもしなかった。
　不意打ちの"おめでとう"に頭がついていかない。
　なんだろう、胸の奥が痛いくらいに締めつけられて、でもそれは切ないものではなく、温かで幸せなもので……。
　いろんな感情が一気に押し寄せて、言葉が出ない。
　それでも体は正直で、みるみるうちに涙が浮かんでくる。
"おめでとう、18歳"
"ちゃんと俺のところまで届いてた"
　稜ちゃんが紡いだそんな言葉に、とめどなく涙があふれ

て、ぽろぽろと頬を伝っていく。
　稜ちゃん、大好き……。
　好き、好き、11歳のときからずっと大好き……。
　いまなら言えるんじゃないかな、稜ちゃんに。
　"ずっと好きでした"って、伝えられるんじゃないかな。
　そう思っていると、稜ちゃんの温かな手が、すっとわたしの頬に触れて、そして、親指でそっと涙をぬぐった。
　思いがけない稜ちゃんの行動に体がビクリと跳ねて、心臓の鼓動がよりいっそう早くなる。
　そんなわたしを見た稜ちゃんは、少し困ったような笑顔でこてんと首をかしげて、それから言う。
「泣くなよ。これで俺の夢がひとつ叶ったんだ、百合が笑ってくれないと困るよ、な？」
「……うっ。だ、だって……」
　だけどわたしは、そう簡単には泣き止めないし、うまくだって笑えっこない。
　こんなにうれしい誕生日プレゼントは生まれて初めて。
　わたしのために打つと決めていたというバースデーホームランを、あんなに最高の場面で本当に打っちゃうなんて。
　泣いちゃうよ。泣かないわけないよ。
　優しい声と、涙をぬぐい続けてくれる手に、ますます涙があふれて、自分じゃどうにも手に負えない。
　そうしてしゃくり上げるわたしに、稜ちゃんが再度言う。
「ああ、もう……。そんなに泣くなって。先生が戻ってきたら俺が泣かせたって誤解されちゃうだろ？」

「りょ、稜ちゃんが泣かせてるんじゃん……。誤解もなにも、泣き止めって言うほうが無理だよ……」
　わたしの涙腺はもうとっくに決壊しちゃっている。
　しばらくは泣き止まない自信だって、たっぷりあるもの。
　バースデーホームランがどれほどうれしかったと思っているの。
　稜ちゃんが"百合"と言うたびに、どれほどこの胸に幸せで温かな感情があふれると思っているの。
　少しだけ稜ちゃんを恨めしく思いながら、その困った笑顔を見上げて、顔をクシャクシャにして泣いた。
「ホームラン打ったあとは泣かなかったくせに。ほんと、かわいいやつだな、百合は。あー、かわいすぎて困る」
　そんな中、ぽつりと落とされた声。
　えっ？と思うのと、視界が暗転したのがほぼ同時だった。
　１回、まばたきをすると、稜ちゃんの制服の白いシャツが目の前にあって、ふわりと鼻腔をくすぐるのは、いつかも香った、洗濯したてのあの石鹸の匂い……。
　わたしの背中に回された腕の力がやや強くなって。
　稜ちゃんの心臓の音が、わたしに負けないくらいバクバクと言っているのが耳に響いてくる。
　そうか、わたし、稜ちゃんに抱きしめられているんだ……。
　ほんの一瞬のことで、状況に頭が追いつかなかった。
　もう一度、たしかめるようにまばたきをしても、抱きしめられている感覚も稜ちゃんの心臓の音もなくならない。
　これは夢じゃなく現実なんだと、やっと頭が状況に追い

つき、体中に熱が帯びてくる。
　そんな中、稜ちゃんはひとつ大きく息を吐き、そっと口を開いた。
　そして、頭の上から信じられない言葉を降らす。
「いままで俺、自分に自信がなかったんだ。だから、甲子園に行けたら自信がつくような気がして……。ほんと、どうしようもないヘタレだよな、俺……」
　そう言う稜ちゃんの切なげな吐息が耳に当たって、少しくすぐったい。
「百合はどんどんかわいくなっていくし、俺、恥ずかしくて目も合わせられなくて。名前で呼びたいのに呼べなくて、せめて名字ででも呼べたらと思って、花森って呼んでみたりもしたけど、そのあたりから百合も俺を名字で呼ぶようになったし。部屋のカーテンもなかなか開かなくなって、いきなりあんなこと言ったから、嫌われたんだろうなってずっと思ってた」
「……」
「でも、百合が俺と同じ青雲を受験するって百合のおばさんから聞いて、迷わず野球部のマネージャーになってくれた姿を見て、あの約束だけは果たさないと、って」
　そうだったんだね、稜ちゃん……。
　"名字で呼びたい"と言われたとき、稜ちゃんには好きな子がいるから、誤解されないためだとばかり思ってきたけど、そうじゃなかったんだね。
　抱きしめられた拍子に止まりかけていた涙が、またとめ

どなくあふれ出して、稜ちゃんのシャツを濡らしていく。
「四つ葉のクローバーを探しに朝早くから公園に行ってたのも知ってた。自惚れかもしれないけど、嫌われたんだろうなって思いながらも、約束のためだけにそうしてるわけじゃないんだろうなって、わからないわけじゃなかった。だけど……」
「……」
「だけど、甲子園に行くとか言っておいて、２年間行けなかったわけだし、こんな俺なんかじゃ、百合には釣り合わないんじゃないかって……」
　稜ちゃんが一生懸命に紡ぎ出す言葉は、わたしの心の隅々まで深く深く染み込んで、止まらない涙が稜ちゃんの白いシャツにますます染み込んでいく。
　ずっとすれちがったままだった切ない想いも。
　稜ちゃんがどんな気持ちであの約束を果たそうとしてくれていたのかも。
　全部が涙に変わって、どんどん、どんどん……あふれていく。
「ごめん、百合。いままで散々待たせて。やっと今日、胸を張って言えるよ……」
　わたしを抱きしめる稜ちゃんの腕に力が入った。
　稜ちゃんの心臓が、さらにバクバクと音を立てる。
「ガキのころから──」
「ま、待って、稜ちゃん。……い、一緒に言おう」
「……は？」

「一緒に、せーので言おう」
　だけど、わたしからも伝えたいことがあるから。
　自惚れでもいいから、わたしと同じことを稜ちゃんが言おうとしているなら、どうか一緒に言いたい。
　当然ながら、声を遮ったわたしを稜ちゃんは怪訝な表情で見下ろす。
　でも、いま言わないと。
「……わ、わたしね、稜ちゃんに"名前で呼びたい"って言われたときに、稜ちゃんには好きな子がいるんだって思って、それでなんだって。ずっとそう思ってたの」
「え……」
「高校受験のときも、どんな形ででも稜ちゃんの夢を応援したいって。マネージャーになったのも、それが稜ちゃんの近くにいられる、たったひとつの方法だって思って。今日もね、予選大会が終わったら稜ちゃんが誰を好きでもいいから絶対に言うんだって覚悟を決めてたんだけど、なかなか勇気が出なくて……」
「……そ、それって」
「うん、きっと同じ。だから、一緒に言いたい」
　話を聞いているうちに稜ちゃんの目がどんどん丸くなっていき、いまはもう、稜ちゃんの目の中に映る自分の泣き濡れた笑い顔だってはっきり見える。
　ねえ、稜ちゃん。
　わたしたち、どれだけすれちがっていたんだろうね。
　家がお向かいさんで、幼なじみで、なんでも一番に報告

し合える仲だったのに。
　わたしの勝手な思い込みで稜ちゃんと距離を置くようになった。その時間が悔しい。
　こんなにも近くにいたのに、こんなにもお互いを見てきたのに、ずっと遠い存在だと勘ちがいしていたなんて、なんてわたしはバカなことをしてきたんだと思う。
「……じゃあ、せーの、で言うか」
「うん」
「「せーの……っ」」
　でも、これからは、すれちがわないように。
　"大好き"の想いを、声に乗せて伝えよう。
「ずっと百合が好きだったんだ、こんな俺だけど、つき合ってください」
「ずっと稜ちゃんが好きでした、こんなわたしだけど、つき合ってください」
　一気に吐き出して、お互いを見つめ合う。
　稜ちゃんの顔がまっ赤だということは、きっとわたしも同じ顔をしているんだろう。
「……ふ、ふははっ」
「あははっ、同じ台詞だ」
　どちらからともなく笑い声が漏れて、部室の壁に反響する。
「百合の誕生日に告白したかっただけなんだけど、まさか告白してもらえるなんて思ってなかった」
「わたしも。予選大会が終わったら告白するって決めてたんだけど、まさか稜ちゃんに告白してもらえるなんて思っ

てなかったよ」
　また同じようなことを言って、目を見合わせて、クププと笑い合う。
　ようやく想いを伝えられて、同じ想いを返してもらえて、長かった"7年"にやっと区切りがついた。
「で、返事は？　とか、聞いてみてもいい？」
　再び稜ちゃんの腕の中、ぎゅーっと痛いくらいに抱きしめられながら紡がれた、ちょっと照れくさそうなその声に、わたしはコクリとひとつうなずく。
　せーので伝え合った気持ちの答えは、もう決まっている。
「よろしくお願いします。……稜ちゃんは？」
「俺だって同じ。よろしくお願いします」
「そっか、うれしい……」
「俺のほうがもっとうれしいよ」
「ふふっ、そっか」
　もう気持ちを隠さなくていいんだね。
　もうすれちがうこともないんだよね。
「……大好き、稜ちゃん」
「俺も百合が大好き」
　すると、わたしを抱きしめる稜ちゃんの腕の力がすっと弱くなり、背中に回されていたそれが肩に置かれた。
　片方の手がわたしの顎に添えられえ、クイと優しく持ち上げられて、上を向かされる。
　そうすると、真剣な顔の稜ちゃんと目が合って。
「じいちゃんになっても、ずっと大事にする」

「……うん」
　その甘い囁きにそっと目を閉じた。
　稜ちゃんの好きな人はわたしじゃないと思っていながら、かなり矛盾しているけど、ファーストキスは稜ちゃんにあげるって、決めていたんだ。
　稜ちゃんがもらってくれるなら、こんなに幸せなことはないよ……。
　ゆっくりと、でも確実に近づいてくる稜ちゃんの気配に、心臓のバクバクが最高潮に高鳴る。
　すると。
　──カシャリ。
　なんだか、カメラのシャッターを切ったような音が急に聞こえて。
「そこまでだぜ、稜。お楽しみのところ、大変恐縮ですが」
　ハッと目を見開き固まる稜ちゃんとわたしの耳に届いたのは、なんだか聞き覚えのあるような声。
　稜ちゃんとふたり、同時に部室のドアに目を向けると、そこにはニタニタ笑ってこっちを見ている岡田くんの姿があった。
　いまの声は岡田くん。しかも、スマホのカメラで撮ったばかりの写真を、わたしたちに見えるようにヒラヒラと振っていたりなんかして、もう絶句するしかない。
　というか、いったいこれはどういうこと!?
　けれど、どうやらそれだけではないらしい。
「きゃーっ!!　百合～っ!　おめでと～!!」

「うぇっ!?　コ、ココちゃん……っ!?」
「お祝いしに来たよ〜!」
　岡田くんのうしろからココちゃんがぴょっこりと顔を出した。
「おぉ〜!　やっとくっついたか、このふたり」
　ふむふむと満足気にうなずきながら姿を現したのは、かれこれ１時間以上、部室に戻ってこなかった笹本先生。
　そして。
「見せつけやがって〜、稜〜!」
「ヒュー、ヒュー!」
「熱いねぇ〜!」
　帰ったはずの部員たちも、ちゃっかり戻ってきていて。
　冷やかしたり、ニヤニヤしたり、口笛を吹いたり……なんだかもう、わけがわからない状況になってしまった。
　え、まさか、せーので告白してたところや、抱きしめられたところ……ついさっきのキスしようとしていたところも見られていたっていうこと!?
　そんなバカな……。
　いまなら地球の裏側まで穴を掘れる気がする。
　そして、そこに埋まって一生を終えたい気分だ。
　……あぁぁぁ、目の前がまっ白になっていく。
　どうしてこんなことになってしまったんだろうか。
　わたしはただ稜ちゃんに告白したかっただけなのに、みんなでこんな仕打ちをするなんて、あんまりすぎる……。
「逃げるぞ、百合!」

すると、腰が抜ける寸前のわたしの横で、いち早く正気に戻ったらしい稜ちゃんがそう耳打ちした。
「……へ？」
「いいから！」
「わ、わわわっ……！」
　間の抜けた返事をするわたしの腕をグイッと引き、稜ちゃんはヤジが飛ぶ中をずんずん進む。
　腕を引かれたことで大きくよろけながらも、なんとか歩くわたしは、事が事だけに放心しきっている。
「俺の彼女だから。手ぇ出したら許さねぇからな」
　そんなわたしを知ってか知らずか、ドアの前にたどり着いた稜ちゃんが、みんなの前でそう宣言したりするものだから、さらに冷やかされるのなんて当たり前だった。
「行こう！」
「……え、あ、うん」
　返事を聞くが早いか、稜ちゃんがわたしの手をぎゅっと握って走り出す。
　ふたりで走って、走って。
　校舎の前を突っ切って、いつも野球部が練習しているグラウンドの横を突っ切って、校門を飛び出して……。
　そうやって走っていると、みんなの声もそのうち遠ざかり、風を切る音や稜ちゃんとわたしの息遣い、地面を蹴り上げるふたりぶんの靴音……そういう音しか聞こえなくなった。
　心臓が踊っているのがわかる。飛び跳ねているのがわかる。

稜ちゃんと両想いになれたことがうれしくて、ずっと前からそうだったことが、やっぱり悔しくて。
　でも、こうして恋の神様がすれちがってばかりのわたしたちに奇跡を起こしてくれた。
　野球の神様と、幸運をもたらしてくれる四つ葉のクローバーには、わたしたちの夢だった"甲子園"という奇跡を起こしてもらった。
　一緒に甲子園に行ける喜び、まだ終わらない夏。
　しっかりとつながれた手の感覚、熱さ。
　わたしの少し前を走る稜ちゃんから香る石鹸の匂い……。
　全部本当なんだよね？
　わたし、稜ちゃんの"特別"になれたんだよね？
　18歳の誕生日に実った初恋。
　わたしのために打ってくれた、バースデーホームラン。
　稜ちゃんの愛がいっぱい詰まったそれは、一生忘れることなんてできない、わたしだけの宝物。
　わたし、稜ちゃんの"彼女"になれたんだね。
　稜ちゃんに手を引かれ、わたしはたくさんの奇跡のひとつひとつをかみしめながら走った。
　目の前には、稜ちゃんの背中。
　いまはその背中だけが、わたしの道しるべ……。

　それからどれくらい走っただろう。
「アイツら……ハァ……あとで絶対、文句言ってやる」
　夏の夕暮れの中を走っていた足をふいに止めた稜ちゃん

が、額にうっすらと浮かぶ汗をぬぐいながらそう言った。
　息を整える間さえ惜しいといったようなその口調に、わたしも同感と思いながら、コクコクとうなずく。
　だいぶ走ったし、稜ちゃんのスピードについていくので精いっぱいだったから、すぐには声が出てこない。
　けれど稜ちゃんは、さすが毎日走り込みをしているだけあって、もう息が整っている。
　わたしのほうは、まだまだ酸素を求めてひたすら呼吸を繰り返しているというのに、
「速すぎた？」
　なんて、いたずらな笑顔を向けて聞きながら、走って乱れたわたしの髪に手を差し込んでそっと整えてくれた。
「ひどいよ、稜ちゃん……。わたしが壊滅的に運動音痴なの、昔から知ってるくせに」
　抗議のまなざしとともに少しだけ文句を言ってみる。
「うん、そうなんだけど、一生懸命ついてきてくれる百合がかわいくて、つい調子に乗っちゃったんだよね」
「な……っ」
　ふっと目を細めて恥ずかしげもなくそんなことを言われるものだから、一気に顔に熱が集まり、言葉にも詰まってしまう。
　……悔しい。いま、キュンときたんですけど。
　さっきのいたずらな笑顔にも、髪を整えてくれたその手にも、胸が鳴りっぱなしで大変なんですけど。
　きっと稜ちゃんは知らないんでしょう。

稜ちゃんにとっては何気ない仕草や優しさが、こんなにもわたしの胸をキュンとさせるってこと。
　再度、抗議のつもりでまなざしを送ってみるけれど、稜ちゃんは、そんなわたしの顔をひょいとのぞき込んで言う。
「かわいい。そういうところも好きだよ、百合らしくて。昔からだもんな、かわいいって褒められると、笑うんじゃなくて、なぜか不機嫌な顔になるの。俺、百合のおばさんに『あれは照れてるのよ』って教えてもらうまでは、本当は言いたいけど、不機嫌になるから言っちゃいけないと思ってたんだよ。だからいまからは、かわいいって思ったときに、かわいいって言う」
「……稜ちゃん」
　まったく、なんて人なんだろう、この人は……。
　昔からの小さな癖も、こうして覚えてくれていたなんて。
　わたしの頭を撫でながら、かわいい八重歯をのぞかせて笑う稜ちゃんに、どんどん鼓動が速くなっていく。
　これは走ったからじゃない。
　夕日を横から浴びたその顔がたまらなくかっこいいから。
　だからこんなにもドキドキしてしまう。
　やっぱり悔しいな……。
　稜ちゃんばっかり、わたしをこんなふうにドキドキさせて。
　わたしだって稜ちゃんをドキドキさせたいのに。
　どうしたらドキドキしてくれるかなんて、ちっともわからない……。
「お、そろそろ時間かな。なあ百合、ちょっと向こうのほ

うまで行ってみようよ」
　夕日の眩しさに目を細めながら、稜ちゃんがそう言ってある方向を指さした。
「え？　時間？　向こうって？」
　稜ちゃんが指をさした方向には、とくに目に留まるようなものはなくて、首をかしげてしまう。
　けれど稜ちゃんは、どうやらちがうらしい。
「いいから。とっておきのもんがあるんだよ」
「……う、うん？」
「行ってみたらわかるから」
　そう言ってにっこりと笑い、まだ状況が飲み込めないままのわたしの手を取り、ズンズンと歩き出してしまった。
　稜ちゃんに手を引かれながら辺りを見渡すと、なんとなく見覚えのあるような景色が徐々に目の前に広がり、それに比例して胸の鼓動が速くなってくる。
　もしかして、あの……？
　その"もしかして"が確信に変わるころ、ようやく足を止めた稜ちゃんは、
「よーし、着いたー」
　と、夏草の上に腰を下ろし、つないだままのわたしの手をクイクイと引いて隣に座るように促した。
　稜ちゃんと並んで、目の前の景色を眺める。
「ねえ稜ちゃん、ここって……」
「うん、ここから見える景色は最高なんだ」
「そうだね、すごくきれい」

「沈むときがとくにきれいでさ、夏の間は日が長いから、部活が終わったあととか、休みの日とか、たまにひとりで来たりして。草の上に寝転がったり、ただ空を眺めたり、百合のことを想ったりしてた」
「そ、そっか、なんか照れるな……」
　……そう。
　わたしたちがいま夕日を見ているのは、7年前、ふたりで四つ葉のクローバーを探したあの場所だった。
　初めて稜ちゃんを"男の子"として意識するきっかけになった、少年野球の練習試合が行われた場所。
　稜ちゃんに引っぱられるままに走ってきたから、まわりの景色なんて見る余裕がなくて。
　止まったら止まったで、すごく息が苦しかったし、稜ちゃんに見つめられると稜ちゃん以外は目に映らなかったから、気づくのがだいぶ遅くなってしまった。
　稜ちゃんはこの場所へ、この景色を見せるのために連れてきてくれたんだ……。
　正面から夕日を浴びる、わたしたち。
　足を投げ出し、うしろに手をつく稜ちゃんと、三角にひざを折って、そこに顎を乗せるわたし。
　夕日の朱の中を、カラスが二羽、並んで飛んでいく。
「本当は、ここから夕日を眺めながら、ゆっくり告白するつもりだったんだ」
　稜ちゃんが照れくさそうに、首のうしろを掻きながら言う。
「……うそ？」

「ほんと。でも、どのタイミングで誘ったらいいかわかんなくて。そしたら部室にふたりきりだろ？」
　絶妙なタイミングだろ？と言いたげに稜ちゃんがチラリと目配せをし、やっぱり照れくさそうに笑う。
「そっか。だからか」
「うん。でもなあ、まさか岡田たちがあそこにいるとは思わなかった。してやられた……」
　今度は苦笑いをし、稜ちゃんが大きなため息をついてカクンと首をうなだれる。
「ふふっ。たしかに。次の部活は大変だろうね。冷やかされて部活どころじゃなくなっちゃうかも」
「確実だな」
「ね。そうだね」
　なんで告白するってバレたんだろ……なんて言いながら照れくさそうに鼻をすする、そんな稜ちゃんが好き。
　その笑顔が好き。大好き。
　燃えるような朱色の夕日もきれいだけど、そんな稜ちゃんも同じくらいきれいだと、その横顔に思う。
　結局わたしは、どんな稜ちゃんの表情にも見とれてしまうらしい。
　男の子に"きれい"なんて言葉は使わないかな、なんて思いつつも、いつまでも目に焼きつけておきたくて、夕日ではなく、稜ちゃんをじっと見つめた。
「夕日、見ないの？」
　そんなわたしの視線に気づいた稜ちゃんは、これまた照

れくさそうに、そう尋ねてくる。
「稜ちゃんを見てるほうがいいもん」
　あんまり見るなと言われたような気がして、ぷっくりと頬をふくらませると、稜ちゃんは起き上がってあぐらをかき、右手の拳を胸に当てた。
「いま、めっちゃキュンってきた。ヤバい……」
　そして、ボソボソとそう言いながら、心臓をつかむようにキュッとシャツを握る。
「えっ？　本当？」
　稜ちゃんばっかりわたしをドキドキさせて、なんてちょっと悔しかったから、うれしくなったわたしは、正面にまわり込んでさらにじーっと見つめる。
「その上目遣い、反則デス……」
　すると稜ちゃんは、あからさまに顔を背けてしまって。
「稜ちゃん、照れてるの？」
「そーだよ、悪いか。つーか、聞くな」
「か、かわいい……」
　耳までまっ赤なその顔は、ますます赤くなった。
　でも、絶対にわたしも同じ顔だ。
　鏡でたしかめなくてもわかる、夕日に照らされているからだけじゃなく、顔も体も焼けるように熱い。
「かわいいとか言うなっ」
「え、でも」
「かわいい、ってのは、俺が百合に言う言葉なの！」
「ごめん稜ちゃん、それもかわいい……」

「はぁっ!?」
　稜ちゃんは眉間に深くしわを刻んで、思いっきり不機嫌な顔を向けるけど、やっぱりかわいいなぁとわたしは思う。
　口に出して言ったら怒られるのは確実だから、いま思ったことは言わない。
　でも、本当にかわいい。
　こんなふうに照れながら怒る稜ちゃんの顔は、きっとわたしだけに見せるものだよね。
　これからは、わたしにしか向けられないものだよね。
　そう思うとすごくうれしくて、幸せな気持ちで心が満たされて。
「なんだよ、俺ばっかりドキドキさせられっぱなしじゃんか……」
　悔しそうに笑う稜ちゃんに、
「わたしも同じこと思ってたから、これでおあいこだね」
　そう言って、わたしも笑った。
　この光の中にいるのは、稜ちゃんとわたしだけ。
　この甘い時間を共有するのは、稜ちゃんとわたしだけ。
「あんまり調子に乗るなよな」
　わたしの頭をコツンと優しく小突く稜ちゃんは、それでもやっぱり笑っていて。
「もう……」
　頬をふくらませるわたしも、同じように笑っていた。
　それからわたしたちは、場所を奥の草むらに移して座り、徐々に沈んでいく夕日を眺めていた。

隣には、ずっと手を握っていてくれる稜ちゃんがいる。
「なあ、百合」
「ん？」
　まばたきをするごとに沈んでいく太陽。その前で、稜ちゃんがゆっくりと口を開いた。
　顔を向けると、少しばつが悪そうな顔をしている稜ちゃんと目が合う。
　さっきまでとはちがう雰囲気に、なんだろう……？と、わたしの胸にさざ波が立った。
「……実は俺さ、知ってたんだ」
「なにを？」
「てるてる坊主を部室に届けに来た百合が、ドアの向こうで話を聞いてたこと。百合はわからなかったかもしれないけど、あの場に俺もいたんだ。部室を出ていくとき、足もとのなにかに気づいた岡田がそれを拾っていったんだけど、岡田がかがんだ拍子に見えたんだ。てるてる坊主と開いたまんまの傘と、雨の中を走っていく百合のうしろ姿」
「うそ……」
「本当はもっと早く打ち明けられてたらよかったんだけど、勇気がなくてさ。……いまごろになった」
　わたしの脳裏に、あの雨の日の記憶がよみがえる。
　稜ちゃんがてるてる坊主と作ってほしいと言っている、と岡田くんから伝言を受けたわたしは、それを部室まで届けに行って。
　そうしたら、部室の中から岡田くんの怒鳴り声と、誰の

ものかわからないくらい小さな声が聞こえて。

　岡田くんの剣幕に足が竦んで動けなくなったわたしは、思いがけず立ち聞きをしてしまう形になってしまった。

　すると岡田くんが『俺が花森をもらう』と言って、それで頭がまっ白になって、ココちゃんのところへ無我夢中で走って……。

　そんな姿を稜ちゃんに見られていたなんて。

　部室の中で怒鳴られていたのは稜ちゃんだったなんて。
「……わたし、ちっとも知らなかった。立ち聞きなんてするつもりはなかったの。ほんと、偶然で……。ごめん」
「謝るのは俺のほうだよ、前の日にも泣いてたって岡田に言われて、一番泣かせたくない人を泣かせて、いったいなにやってんだよ俺、って、そんな自分が情けなかった。ちっとも知らなかったのは俺だ。……ごめん」
「ううん、いいの」

　もう片方の手を自分の額に当て、顔をうつむかせる稜ちゃんに、ふるふると首を振って笑いかける。
「そんなのいいんだよ、稜ちゃん。あのとき泣いてたのは、岡田くんに図星をさされたからだったんだ」
「図星？」
「うん。わたし、教室で応援グッズを作ってたんだけど、岡田くんがあんまりからかってくるから、ついイライラしちゃって……。そうしたら『本当は、こうして俺といるところを稜に見られるんじゃないかってハラハラしてるだけなくせに』って図星をさされてね。本当にそのとおりで返

す言葉もなくて、そんな自分の汚い感情に嫌気がさしただけなの。だから、稜ちゃんはなにも悪くないんだよ」
　本当にあれは、岡田くんに対して最低な感情だった。
　岡田くんがマネージャーの仕事を手伝ってくれないからイライラした、という気持ちの裏に隠れていた、自分でも気づかないうちに胸に充満していた本当に最低な感情。
　思い出してまた唇をかみしめるわたしの頭に、ポンと手を置いた稜ちゃんは、「でも俺さ……」と、夕日を見ながら言葉を紡ぐ。
「あのとき岡田に怒鳴られてよかったって思ってる。じゃなかったら、決勝まで残れたかもわかんないし、優勝できたかもわかんない。今年こそ優勝して甲子園に行くんだって気持ちを高めてくれたのは岡田だから。だから岡田にはすっげー感謝してる。さっきの写真はさすがにやりすぎだけど、岡田らしいっちゃ、らしいし」
「うん、わたしも岡田くんには感謝してる。岡田くんがいなかったら、いまのわたしも、いまのわたしたちもないよ」
「そうだな」
　握られたままの稜ちゃんの手に、少し力がこもる。
　それにこたえるように、わたしも握り返す。
　岡田くんのことを考えると、稜ちゃんもわたしも、それぞれに胸がチクリと痛む部分がある。
　でも、彼のおかげでいまのわたしたちがあるのも本当だから、岡田くんにはやっぱり、感謝の気持ちしかない。
「……ふはっ。俺、岡田にカマかけられたよ」

「りょ、稜ちゃん!?」
　するとどういうわけか、稜ちゃんが吹きだして笑いはじめた。わたしは驚いて目が点になる。
　まったく脈絡なく落とされた"カマ"という言葉に、思わず首をかしげてしまう。
　……そういえば、開会式のときに岡田くんに同じようなことを言われたような気もするんだけど、それがどうしていま出てくるんだろう。
「岡田さ、部室で俺に"俺がいつまでも煮え切らない態度だったら百合は俺がもらう"って、そんなようなことを言ってただろ？」
「……うん。たしかに言ってた、けど」
「それが岡田がかけた"カマ"の正体だったんだよ。そして俺は、そんな岡田にまんまとハメられたんだ」
　ぽかんと口を開けるわたしに、稜ちゃんがクツクツと肩を震わせながら説明してくれる。
　けれどわたしは、いまいち意味が理解できなくて、さらに口は開くし、首もますます傾いてしまう。
　そうすると稜ちゃんは、わたしと向かい合うように座り直して、しっかりと目を合わせると、
「つまり、岡田にモーションをかけさせられたってこと」
「モーション……」
「そ。そんな岡田の策略に気づいたのは、ずーっとあとになってからだったけど」
　と、苦笑いを浮かべて言った。

……え、わたし、バカなのかな。
　稜ちゃんの言うことも、岡田くんがかけた〝カマ〟のことも、さっぱり意味がわからない。
　そうしてパチパチとまばたきばかりを繰り返していると。
「要するに……」
　――ちゅっ。
「……こーゆーこと」
　一瞬だけ触れ合った唇を離した稜ちゃんが、わたしの額にコツンと自分の額を預け、顔をまっ赤に染めながら照れくさそうにはにかんだ。
　……えっ？
　稜ちゃんが……キス。
　いまのキス……だよね？
　なに？　なに？　えっ？　えっ？
　体から一気に力が抜けていき、頭の奥がぼーっとする。
　それでも、唇に残る感触はたしかなもので。
「どう？　これで意味がわかった？」
　そう尋ねる稜ちゃんに、わたしはぽろぽろと涙をこぼしながら何度も何度もうなずいた。

　やがて、きれいなオレンジ色だった夕日が西の空に沈みかかってきた。もうすぐ夜が訪れる。
「そろそろ落ち着いた？」
　初めてのキスのあと、なかなか泣き止まないわたしを優しく抱きしめてくれていた稜ちゃんは、その力を緩めて体

を離すと、泣き腫らしてまっ赤だろうわたしの目もとに手を添えながら尋ねてきた。
「うん、なんとか」
　そう返すわたしは、スン、と小さく鼻をすすって、目もとに添えられた手に自分の手を重ねる。
　本当はまだ、気を抜いたら泣いてしまいそうだけど、沈みかかった夕日に照らされる中で稜ちゃんが優しく微笑んでくれるから、わたしも同じように微笑み返した。
「だいぶ日が暮れてきたな。そろそろ帰ろっか。きっと百合の家族も心配してるはずだから」
「うん」
「試合の話、聞かせてやりなよ」
「そうだね」
　わたしたちは、暮れなずむ中を手をつないで歩きだした。
　夏草の匂いが心地いい。
　鳴きはじめた虫の声が耳にいい。
　時折サワサワと吹く風が、火照った肌を撫でていく。
　そんなことに幸せを感じながら、わたしは稜ちゃんの隣にいられるこの上ない幸せをかみしめて歩いた。
　今日起こった数々の奇跡を感謝して、これから始まる稜ちゃんとの日々に思いを馳せて。
　高校３年生、今年の夏は、まだまだ終わらない。
　これからが本当の始まりなんだよね、稜ちゃん。
　だけど今日は……ううん、いまだけは、心からこう言いたい。

「ねえ、稜ちゃん」
「ん?」
「……ひとまず、お疲れさま」
「おう、サンキュ!」

夢・8月

それから

　それから甲子園までの日々は、まばたきをするのも惜しいくらいに、あっという間に過ぎていった。
　稜ちゃんと手をつないで帰った日は、わたしの家族も稜ちゃんの家族もどんちゃん騒ぎ。
　どちらかの家でやればいいのに、稜ちゃんの家に行っては騒ぎ、わたしの家にきては騒ぎの繰り返しで。
　青雲高校の20年ぶりの甲子園出場と、わたしの18歳の誕生日を同時に祝ったから、どうしても騒がしくなってしまって、夜遅くまで電気が消えなかった。
　それから１日休養を挟んで、甲子園に向けた練習。
　みんなからの熱い冷やかしに腹をくくった稜ちゃんとわたしは、どうせだからと一緒に登校することにした。
　すると案の定……。
「いいよなぁ～、稜～」
「チューは部室じゃ禁止なんだけど～！」
「つーか、ふたりが入ってきたら、なんか急に暑くなってきたんだけど。窓開けようぜ、窓！」
　部室に一歩足を踏み入れたとたん、全員から集中砲火を浴びて、当然、稜ちゃんとわたしは２匹のゆでダコになってしまった。
　それでも、多少手荒いながらもみんなが祝福してくれたことがすごくうれしくて、居心地がよくて。

ああ、青春してるなぁ……って、心からそう思った。
　でも、岡田くんは相変わらず。
　キス寸前のところを撮った写真を一斉送信していたらしく、その日のうちに、稜ちゃんとわたしがつき合いはじめたことが部員全員に知れ渡ってしまったようだった。
　……まったく、なにを勝手なことをしているんだろうか、岡田くんは。
　稜ちゃんとわたしには送ってこなかったくせに、いったい、どういうつもりなんだろう。
　本当は、わたしだって欲しい。
　つき合って初めての写真があんな写真でも、きっといい思い出になるだろうし、部員のみんなに送ったんなら、わたしたちにも送ってくれていいと思う。
　だって当事者なんだもの、それくらいの融通は利かせてくれてもいいはずだ。
　けれど、「わたしにも送ってよ」と恥ずかしさを我慢して頼んだのにも関わらず、岡田くんは写真を送るどころか、見せようともしてくれなくて。
　いくら頼んでも「なんか悔しいから嫌だ」の一点張りのその姿勢は、思わず絶句するほど頑なだった。
　"カマをかける"の話を持ち出したときだって、そう。
「稜ちゃんとわたしをくっつけようとして、わざと稜ちゃんにケンカを吹っかけたんでしょ？」
「は？　そんな器用なマネできっかよ。俺は自分の気持ちに正直に行動したまでだし」

そう言って一蹴されてしまい、真相はうやむやに……。
　でも、それが岡田くんの"岡田くんらしさ"なんだよね。
　少しずつだけど、そういうところがわかるようになってきたから、わたしもあえて突っ込んで聞くことはしなかった。
「ありがとう、岡田くん！『誰が誰を想ってるか、わかってないのは想い合ってる本人同士』って言ってた意味がようやくわかって、おかげさまで毎日幸せです！」
　その代わりに言ったのは、こんな台詞。
　言われたときはまったく意味がわからなかったけど、稜ちゃんとこうして一緒に過ごせるようになったいまは、その言葉の意味がよくわかる。
「おせーよ、バカ。初恋と片想いの両方、やっと実ってよかったな。稜をよろしく頼むな！」
　すると岡田くんはそう言って笑ってくれたから、あのときの意味深な言葉の解釈は、これで合っているんだと思う。
　……だけど、こうして普通に話しているけど、本当は、岡田くんと話すのは、まだ胸がチクリと痛む。
　わたしの"好き"を知っていて、稜ちゃんの"好き"も知っていた岡田くんは、きっと、わたしたちがお互いに気持ちを伝え合えるように自分の"好き"を犠牲にしてくれたんだと思うから。
　結局、真相はうやむやにされてしまったけど、でもわたしは、そう思っている。
　岡田くんは、少しひねくれたところがある人。
　でも、本当の彼は純粋で優しい人なんだって、そう思う。

だから、ごめんねは言わないことにした。
ありがとう、岡田くん。
稜ちゃんとわたしに、いっぱい、ありがとう。
いつかちゃんと、そう言えたらいいなと思う。

　練習が終わると、特等席になった自転車のうしろに乗せてもらって帰る日々が続いていた。
　相変わらずわたしをドキドキさせる、洗濯したばかりのシャツから香る石鹸の匂い。
　それを胸いっぱいに吸い込みながら帰る、甘い甘い日々。
　そんなある日のこと。
　いつも寄り道をするあの思い出の場所で、ふたりで草の上に寝ころびながらのんびり空を眺めていたときだった。
「なあ、百合。いいこと教えてやろっか？」
　ふいにそう言われ、わたしは気持ちよさそうに流れる雲から、隣の稜ちゃんへと視線を移した。
「なに？」
「……実は俺さ、あの引っ越しの日、初めて百合を見た瞬間から好きになったんだ」
「……え」
　それは、とびっきり甘い衝撃だった。
　驚きすぎて固まるわたしをよそに、稜ちゃんはふっと微笑して言葉を紡いでいく。
「ひと目ぼれだったんだ。親父の影響で小さいときから野球が好きで、高校生になったら甲子園に行きたいって思って

たんだけど、そのとき初めて、この子も一緒に連れていきたいって思った。俺の勝手な願望だったんだけど、それから13年の片想い。たぶん俺、百合より片想い歴が長いと思う」
　初めて知った稜ちゃんの初恋。
　その相手がわたしで、5歳のときから13年も想ってくれていたなんて……。
　にわかには信じられず、目をぱちくりさせる。
「百合は何年くらい？」
「……11歳のときから7年」
　おずおずと答えるわたしに、稜ちゃんはふはっと吹きだして。
「ほら、当たった」
　と、まるで勝負事に勝ったときのようにうれしそうに笑う。
　それからスッと空に視線を投げた稜ちゃんは、少し遠い目をして、ぽつりぽつりと話しはじめた。
「中学に上がったあたりかな、制服姿の百合が急に大人びて見えるようになって、つき合う友だちも共通じゃなくなったりして、どんどん手の届かない存在になっていくように思えた。部活もちがったから、時間的にもすれちがってばっかで、そのうちまともに口もきけなくなったんだ」
「そんな……」
「だって俺、目も合わせられなくて、やっと口を開けても素っ気ない態度ばっかりで。そんなだったから、嫌われても仕方ないって思ったりもしたけど、百合に好きなやつができたらどうしようって、ずっと気が気じゃなかった。そ

のくせ、見てるだけでいいって思う時期もあったりしたんだから、ほんと俺ってヘタレだよなぁ……」
　そう言って、稜ちゃんはガバリと起き上がるなり、両手で頭を抱えてうなだれてしまった。
　その横でわたしも起き上がり、中学のころを思い出す。
　真新しい学ランに袖を通した稜ちゃんが、わたしにも同じように急に大人びて見えたこと。
　野球部の友だちと楽しそうに話す稜ちゃんに、だんだんと話しかけずらくなっていったこと。
　なんでも一番に報告し合える仲じゃなくなったこと。
　好きな子がいることを友だちとの会話から初めて知った、あのなんとも言えないさびしさと切なさ。
　……わたしも同じだった。
　見ているだけでいいと思った。
　甲子園の夢を追いかける姿を、近くで応援できればいい。それが稜ちゃんの近くにいるための、たったひとつの方法なんだって。
　そう思って、自分の気持ちをひた隠しにしていた。
　だけど、それじゃダメだって。
　やっとそう思うことができた、高３になってからのいままでだった。
「稜ちゃん、こっち向いてよ。わたしだってヘタレだよ」
　言うと、頭を抱える腕の間から稜ちゃんがチラリとこちらに視線をよこして、へらりと力のない顔で笑った。
　けれど、すぐに背中をピンと伸ばした稜ちゃんは、今度

はしっかりとわたしの目を見て話しだす。
「だけど、岡田が百合を好きだって知ったとき、このままじゃダメだって思ったんだ。岡田が去年のちょうどいまごろにひじを壊して投げられなくなって、そのあとマネージャーになっただろ。それからしばらくしたころかな、岡田が百合を見る雰囲気になんとなく違和感があってさ」
　それから稜ちゃんは、こう言う。
「最初は気のせいかとも思ってたんだけど、岡田も百合が好きなんだって確信したのは、春に北高と練習試合をしたときだった。塁の上にいながら、応援中の百合と岡田にあからさまに嫉妬して、岡田コノヤローとか思ってた。しかも俺、帰りに校門前で百合とばったり出くわすフリして待ち伏せしてたからね。自分でもストーカーだ……って思いながら、どうしても気持ちを抑えられなかった」
「……そ、そうだったの!?」
「そうだよ」
「…………」
　稜ちゃんはしれっと言うけど、わたしは開いた口がふさがらない。
　いろいろと衝撃的すぎて、思考回路がショートする。
「だから、がんばって百合と話すきっかけを作ってた。岡田に部室で怒鳴られてからはとくにな。てるてる坊主を作ってほしいって伝言を頼んだときは、練習に戻ってきた岡田の様子が変だったし、問いただしてみれば百合に怒られたって言うから、そのときは仕方なく譲ってやったけど。

……あと、それからすぐに岡田が告白したのも、実は百合の様子を見てわかってた。だから、岡田には悪いけど、ことわってくれてありがとう」
「うそっ!?」
「ほんと」
　けれど、そんなわたしになどお構いなしに、稜ちゃんはさらにとんでもない爆弾を落とすから、もう倒れそうだ。
「なにもされなかった？」
「……うん、頭をこう、わしゃわしゃと。あとは、俺に告白されたことなんか忘れちまえって、それだけ……」
「そっか、よかった。岡田のことは信用はしてたけど、やっぱり百合から直接聞くまではハラハラだった」
「稜ちゃん……」
　なんとか記憶をたどり、しどろもどろになりながらも、あのときのことを説明するものの、わけがわからない……。
　頭の中がごちゃごちゃしていて、理解だってまったく追いついていないし、あまりに衝撃的な種明かしの数々に、ついには頭が爆発してしまいそうだ。
　それでも、ただひとつはっきりしているのは、こんなに想ってくれる人は稜ちゃん以外にいないということ。
　13年も片想いをしてくれていたそんな稜ちゃんが、わたしは誰よりも好きだということ。
　わたしが一方的に好きなわけじゃなかったんだね。
　稜ちゃんのほうが6年分、わたしを想ってくれていたんだね。

そんな中、ふっと目を細めた稜ちゃんは、わたしの両頬に手を添え、目線と目線をしっかり合わせながら言う。
「だから百合は、もう俺からは逃げられない。逃げても追いかけて必ず捕まえる」
　稜ちゃんの目の中に、いまにも泣きそうなわたしの顔が映る。
　だけど、わたしだってやっと稜ちゃんを捕まえられたから。
「逃げないよ。わたしが逃げるわけないじゃん。もし稜ちゃんが逃げても、追いかけて必ず捕まえる」
　その言葉に対する答えなんて、これ以外にあるわけない。
「うん、ありがとう」
　ゆっくりと下りてきた影に目を閉じる。
　夏草の匂いに包まれながらしたキスは、初恋の甘酸っぱさとほろ苦い味がした。

甲子園へ

　それから２日後。
　わたしたち青雲高校は甲子園の土を踏んだ。
　20年ぶりの決勝戦で西ノ宮学園を下して来た、甲子園。
　小さなころに交わした約束。
　ふたりで四つ葉のクローバーに願った夢の舞台。
　──高校最後の夏が、ここから始まる。
　わたしの隣には、幼なじみで野球部のキャプテンで、わたしを愛してくれる、愛しい愛しい稜ちゃんがいる。
　稜ちゃんの隣には、幼なじみで野球部のマネージャーで、稜ちゃんを愛するわたしがいる。
　甲子園球場の前に立ったとき、外壁を縦横無尽に張り巡らす青々とした蔦をみんなで見上げた。
　この場所に来られたこと、この目で甲子園球場を見られたこと、稜ちゃんの隣で同じものを見たり感じたりできる喜びや感動……。
　いままでの様々な日々が頭に浮かんで、わたしの胸はどうしようもなくうち震えた。
　稜ちゃんが連れてきてくれた甲子園。
　ここでのわたしたちの最高の夏は、まだまだ終わらない。
　終わりたくない。終わらせたくない。この夏だけは……。
「……ねえ、稜ちゃん」
　球場の外壁を見上げながら、隣で拳を握りしめている稜

ちゃんにそっと声をかけた。
「ん？」
　稜ちゃんはゆっくりとまばたきをしてからわたしを見下ろし、まっすぐでキラキラした瞳を向ける。
「やっとここに来れたね」
「うん、そうだな」
「この夏のこと、わたし、一生忘れないよ……。勝ってね、稜ちゃん」
「当たり前だろ？　俺には百合がくれたクローバーがある。負ける気がしないよ」
「そっか。そうだよね」
「百合がいままで俺にくれたの全部、大事にとってあるんだ。それがある。最高の仲間がいる。最高の彼女だっている。怖いことはひとつもない」
「うん」
　みんなの目を盗んで、こっそりと手をつなぎ合う。
「ずいぶん時間がかかったけど、やっとこれで約束が果たせる。信じて待っててくれてありがとう。俺、ここに来れてよかった。百合やみんなと来れて、本当によかった」
「ううん。わたしこそ、連れてきてくれてありがとう。わたしも稜ちゃんやみんなとここに来れて本当によかった」
　つないだ手の力が強くなる。
「一生忘れられない夏にしてみせる。ここでも打つよ、ホームラン。だから、ちゃんと見てて」
「うん。見てる。信じてる」

そう。信じることからすべてが生まれる。
「よそ見するなよ？」
「当たり前だよ。ちゃんと見てる」
　目を見合わせて笑いながら、思う。
　わたしたちが信じているものは、きっと同じだ。
　夏の甲子園。
　大会４日目、第２試合。
　空は快晴、わき立つ甲子園球場。
　青雲高校のみんなが、夜行バスに揺られながら甲子園まで応援に駆けつけてくれた。
　稜ちゃんの両親も、わたしの両親も、４人揃ってここまできてくれて、部員みんなの家族もオリジナルの大きな横断幕を作って、ここまで足を運んでくれた。
　一生に一度、いまのこの瞬間しかない高校最後の夏が、静かに幕を開けようとしている。
　まっ黒に日焼けした高校球児たちを讃えるように、爽やかな青い空がどこまでも広がる。
　それから、少しの雲と、熱気。
　気温の暑さと稜ちゃんたちの熱さが、相乗効果でさらにわたしの胸を熱くする。
　これから起こるだろう目頭が熱くなるほどの感動と興奮、歓声にわき上がる球場。
　そこでホームランを打って、ダイヤモンドを一周しながらガッツポーズをする稜ちゃん……。
　そんな稜ちゃんが、わたしの目にもう浮かんでいるよ。

ベンチにいるわたしは、ベースを踏んで戻ってきた稜ちゃんとハイタッチ。……できるよね。信じてる。
　わたしはひとり、甲子園球場の上を流れる柔らかな青空と、ふわふわしている白い雲を見上げた。
　それから大きく深呼吸をして、すっと前を見据える。
　ココちゃんとわたしで作った千羽鶴、西ノ宮マネージャーの葵ちゃんから託された千羽鶴……。
　ふたつともベンチに飾ってある。
　野球部全員、54人で持っているお守りは、幸運を呼ぶ四つ葉のクローバー。
　大丈夫。大丈夫。大丈夫。
「……百合。俺のホームラン、ちゃんと見てろよ？」
「うん。当たり前だよ。信じてるよ、稜ちゃん」
　試合前の興奮の中、わたしをたまらなくゾクゾクさせる顔でそう言った稜ちゃんのまっすぐな瞳に、わたしもしっかり見つめ返して力強く答える。
「おう！」
「うん！」
　わたしたちにはこれで十分。
　見つめ合うだけで、お互いの気持ちを伝え合える。
　——ウゥーーーーッ……。
　そのとき、試合開始を告げるサイレンが球場全体を包むように高らかに鳴り響き、観客席から拍手が沸き起こった。
「行くぞー！」
　稜ちゃんが先陣を切ってグラウンドに飛び出していく。

「「オーッ！」」
　ベンチに入っているみんなも、一斉に雄叫びを上げながら稜ちゃんのあとに続いて飛び出していった。
　熱い暑い夏が始まった。
　ずっと続いていくよね。
　わたしは、いつでもこうして稜ちゃんの背中を見守っているよ。
　あの日、一緒に四つ葉のクローバーに誓った約束。
『必ず百合ちゃんを甲子園に連れてってあげるから』
　……ちゃんと果たしてくれたね。
　13年分の片想いを打ち明けてくれた日、夏草の匂いに包まれながらキスをしたあと、ふいに真剣な瞳を向けた稜ちゃんは、けれど顔をまっ赤にしながらこう言った。
『百合が見つけてくれた四つ葉のクローバー、それがあるから俺はがんばれる。だからさ、百合、これからもずっと、俺に四つ葉のクローバーちょうだい？』
　わたし、いくらでも探すよ。
　何百枚だって、何千枚だって、何万枚だって見つけるよ。
　稜ちゃんを見つめるわたしは、もう弱いわたしじゃない。
　わたしは〝花森百合子〟を、自分自身を好きになることができた。
〝臆病で弱虫なわたしなんて好きじゃない〟
　そんな自分をなんとか変えたくて、でもずっと変われないまま過ごしてきた、18年間……。
　けれど稜ちゃんは、そんなわたしに温かくて、大きくて、

力強い手を差し伸べてくれた。
　まっすぐな瞳でわたしを導き、キラキラ輝く青春のまん中に連れてきてくれた。
　これはきっと、あのおかげ……。
　自分自身を好きになれたのは、稜ちゃんがくれた、あの"四つ葉のクローバー"のおかげ。
　何度、ありがとうって言っても言い足りないよ。
　だからわたしは、今日も想うの。
　ずっとずっと、ずーっと大好きだよ、稜ちゃん……。
　ずっとずっと、ずーっと信じてるよ、稜ちゃん……。
「プレーボール！」
　試合が始まった。
　先攻は青雲。１番バッターは稜ちゃん。
　稜ちゃんは、バッターボックスの、向かって左側で構える。
　この場所でも変わることのない、少年野球チームでプレーしていた小さなころからのいつもの定位置だ。
　相手ピッチャーが大きく振りかぶって、１球を投げる。
　稜ちゃんは真剣な表情の中に自信満々な顔をチラリとのぞかせ、豪快にバットを振った。
　ココちゃんたち吹奏楽部が、一生懸命に稜ちゃんの応援歌を演奏してくれている。
　青雲高校のみんな、稜ちゃんやわたしの両親、部員たちの家族……みんなが熱い声援を送ってくれている。
　そして、稜ちゃんを誰よりも信じるわたしは、お守りを握りしめて唇に弧を描く。

——カッキーーーンッ！
　甲子園の空をまっぷたつに裂いて、ボールが飛んでいく。
　歓声にわき立つ球場。
　応援団の太鼓の音。
　メガホンの音。
　たくさんの音が重なり、嵐になって、甲子園球場全体を揺るがす。
　特大のソロホームラン！
　稜ちゃんは満面の笑みでガッツポーズをしながらダイヤモンドをゆっくり一周し、ベンチに戻ってくると、わたしとハイタッチで喜びをわかち合った。
「なっ？　俺、必ず打つって言ったろ？」
「うんっ！」
　キラキラ輝く夏は終わらない。
「なあ、百合……」
「ん？」
「もっと四つ葉のクローバーちょうだい？」
　稜ちゃんが、まっ白な歯と特徴あるかわいい八重歯をキラリとのぞかせておねだりをする。
「もちろん！　いくつだってあげるよ、稜ちゃん！」
　その笑顔に負けないように、わたしも笑って大きくうなずいた。
　ねえ、稜ちゃん。
　これからのわたしたちの未来は、きっとキラキラ輝く宝石だよね。

手を取り合って進むふたりの未来は、まだ始まったばかり。
　この夏を忘れず、まっ黒に日焼けした稜ちゃんの笑顔を忘れず、青雲高校の白いユニホームを忘れずに。
　稜ちゃんの背番号2を忘れずに。
　一緒に戦う仲間たちの笑顔、笹本先生の笑顔、岡田くんの笑顔、支えてくれた親友の笑顔……。
　たくさんの人の笑顔を忘れずに、わたしは青春の中を稜ちゃんと一緒に駆け抜けていく。
　この澄み渡った空のように、どこまでもまっすぐに稜ちゃんを想って、ただひたすらに駆け抜けていく。
　高校3年生、18歳。
　この年の夏は、一生大切なわたしの宝物になりました。

エピローグ

　季節は移り変わり、桜がつぼみをつける季節になった。
　今日は卒業式。
　式が終わって、ココちゃんや野球部のみんなとも別れ。
　稜ちゃんとわたしはいま、家に帰る道のりの途中にいた。
　稜ちゃんの自転車のうしろで揺られながら空を見上げれば、そこには柔らかい色の青空と白い雲。
　3月の風はまだ少し冷たいけれど、さらさらと頬を撫でていく感触が気持ちいい。
　家に着く前に、少しの寄り道。
　寄る場所は決まっている。
　いつもの"あの場所"……。
「着いたぞ、百合」
「うん、ありがとう」
　小さなグラウンドの脇に自転車を停めて、手をつないでゆっくりと奥の草むらへ進む。
　いつものデート。
　……そして、これが高校最後のデート。
　並んで地面に座り、春風に吹かれながら、ふたりで思い出を語り合う。
「高校、楽しかったな」
「うん」
「甲子園、行けてよかった」

「そうだね。わたしも」
「最高の夏だったよな」
「うん、最高だった」
　語り尽くせないほど思い出はあるのに、なぜか今日はふたりともぽつりぽつりとした会話しか続かなくて。
　でも、それはきっと……。
「4月からは百合を自転車に乗せてやれないな。ごめん」
「……ううん」
　遠く離れた大学で野球を続ける稜ちゃんと、地元の大学に進んでスポーツ栄養士になるための勉強をするわたし。
　いままではすぐ向かいの家に住んでいた稜ちゃんが、4月からはいなくなる。
　……遠距離になるから。
　きっと、このせいだ。
「ちょくちょく帰ってくるから」
「うん」
「俺の自転車のうしろは、百合だけのものだから」
「……うん」
「車の免許取ったら、一番に百合を助手席に乗せるから」
「うん……ありがとう」
　でも、さびしいな。
　苦しいな。つらいな。
　稜ちゃんの言葉は信じている。
　だけど、前から心の準備はしていたはずなのに、どうしようもなく涙が込み上げてきてしまって。

「大学でも百合が作ったお守りでがんばるから」
　その言葉に、わたしは思わず稜ちゃんの顔を見上げた。
「俺たちなら大丈夫。心配すんな」
　稜ちゃんは優しく笑って、わたしの頬をつらつらと流れる涙をそっと指でぬぐってくれる。
「……うん、そうだよね」
　そう返すわたしは、でも、まだ少しだけ不安だ。
　だってまだ、稜ちゃんが向かいの家からいなくなることがどういうことか、きっとわたしはわかっていない。
「ほら、これ見て」
　すると稜ちゃんが制服のポケットからなにかを取り出し、わたしに見えるように、それを開いた。
「……え、これって」
「うん、今日は特別に持ってきた。これは百合と交換したやつだから、特別大事。普段は家の机の中に大事にしまってるけど、卒業式だったし、百合は絶対に泣くと思ったから、少しでも笑ってくれたらって持ってきたんだ」
　わたしも急いで制服のポケットの中を探り、あるものを取り出し、それを開く。
　生徒手帳に挟んだそれらは、色褪せたり、ところどころ欠けたり取れたりしているけれど、11歳のときにこの場所で交換した四つ葉のクローバーだった。
「大丈夫だ、百合。絶対、大丈夫。心配すんな」
「……うん、うんっ……」
　ふたつのクローバーを並べて眺めながら力強くそう言う

稜ちゃんに、わたしは何度も何度もうなずく。
　……そうだよね、稜ちゃんの言うとおり。
　わたしたちの関係は距離になんて負けない。遠く離れた場所でも、いつも心はつながっている。
「大学では今度こそ日本一になってみせるから。そのときは百合も一緒な？」
「うん、信じてるよ……」
　あの夏。
　わたしたちは、３回戦で涙を飲む結果に終わった。
　だけど、稜ちゃんもみんなもわたしも、精いっぱいに戦った。
　だから悔いなんてひとつもないし、あのとき持って帰った甲子園の土は、いまも部屋に誇らしく飾ってある。
「だから百合、これからも俺に四つ葉のクローバーちょうだい？」
　わたしの涙をぬぐい続けてくれながら稜ちゃんが笑う。
「うん！」
　だからわたしも、泣きながらでも笑う。
「ずーっとな！」
「うん！　ずーっと、ずーっと、稜ちゃんにあげる」
　いまはまだ目に涙が残るけど、きっともう大丈夫。
　ずーっと見守っていくよ、大好きな稜ちゃんのこと……。

「あ、そうだ！」
　それから少しして、わたしは重要なことを思い出した。

ふしぎそうにこちらを見る稜ちゃんに、制服の第２ボタンをもらい忘れていたことを伝える。
　すると稜ちゃんは「なんだ、そんなこと？」と苦笑いをしたけど、すぐにわたしの手に第２ボタンを乗せてくれて。
「わたしにも、四つ葉のクローバーちょうだい？」
　ついさっき言われた台詞を真似て言ってみると、稜ちゃんはふはっと吹きだし、いまはまだ季節には早いクローバーを一緒に探しはじめてくれた。
「あったぞ、百合！」
「本当!?」
「ほら」
「本当だぁ……かわいい」
　稜ちゃんの声に駆け寄ると、小さな四つ葉のクローバーがふたつ。
　わたしたちと同じように寄り添いながら、支え合うようにして、春風に吹かれて揺れていた。
「摘んで帰る？」
　稜ちゃんがちょこんとクローバーをつつく。
「ううん。大きくなるまで、このままにしておこう？」
「だな」
　わたしも同じようにしてクローバーをつついた。
　目を見合わせて、同時に笑って。
　それから、どちらからともなくキスをする。
　そんなわたしたちのそばで、ふたつの小さな小さな四つ葉のクローバーが踊るように揺れていた。

いつかまた、ふたりで摘みに来るからね。
それまで待っててね。
約束だよ。

― END ―

あとがき

　はじめまして、rila.です。
　『四つ葉のクローバーちょうだい。』をお手に取っていただき、ありがとうございます。
　まさかまさかの連続で、こうしてあとがきを書いているいまも、本になる実感があまりつかめていない作者です。

　この物語を書いたのは2008年でした。それから5年、オリンピックが2回きて、おととしには東日本大震災が起こり、わたし自身は子育てまっ最中。日々、娘の成長に幸せを感じています。
　5年というと、それくらいの時間なんですよね。
　その間もずっと読んでくださっていた読者さまのおかげで、書籍化の夢を叶えることができました。
　作中に百合子の言葉で「稜ちゃんと交わした約束を、みんなの肩に少しずつ乗せてもらって戦う日々」とあるのですが、まさにわたしの夢は読者さまの肩に少しずつ乗せてもらって叶えて頂いたものです。

　"夢"というのは、もしかすると、百合子やわたしのように支えてくださる人がいてこそ見ることができて、叶えられるものなのかもしれない、と最近よく思います。
　読者さまだったり、仲よくしてくださる素敵な作家さま

たちだったり、編集にご尽力くださった松本さんだったり、夜中に編集作業をしていると「がんばってるね！」と声をかけてくれた家族だったり……。
　夢の大小なんて関係ないのです。
　ほかの人と比べたり、夢が見つからなくてあせったり、気負ったりもしなくていいんじゃないかなと思います。
　家族の幸せを願うことだって立派な夢ですし、百合子のように自分の夢を大切な人と重ね合わせるのもひとつの夢の叶え方ですし、途中で夢が終わっても、新たに夢を見つけたり同じ夢を追いかけている人の力になることも素敵な夢の叶え方だと思います。

　いまのわたしの夢は、東北の復興と娘をきちんと育てること。どちらも長い時間をかけてのものです。
　こういう、何年、何十年という時間をかけて徐々に叶っていく夢を見るのもいいものですね。

　最後になりましたが、書籍化にあたって大きな力を貸してくださったスターツ出版様、担当してくださった松本さん、読者さま、家族、本当にありがとうございました。
　同じ東北出身の人間として、がんばってるよ！と少しでもなにかの後押しや誰かの心に届いてくれたら、こんなにうれしいことはありません。がんばろう、東北！

2013.6.25　rila。

文庫版あとがき

　こんにちは、rila.です。このたびは『白球と最後の夏』(旧題：四つ葉のクローバーちょうだい。)をお手に取ってくださいまして、本当にありがとうございます。

　3年前に単行本化した本作ですが、スターツ出版のみなさまにお力添えをいただき、改題や改稿を加えてブルーレーベルの仲間入りをさせていただくこととなりました。

　レーベルの色に沿うよう、切なさアップですれちがいを際立たせましょう、というご指示のもと、中身を一新した文庫版。百合子と稜の恋の行方と甲子園までの道のりはいかがでしたでしょうか。

　物語の流れは同じですが、文庫化して頂くにあたり、サイトや単行本では待つだけだった百合子を文庫版では自分から行動していけるようにがんばらせてみたので、どんなふうに受け止めて頂けるかなと、すごくドキドキしております。

　個人的ではありますが、わたしは「せーの」で告白する場面が好きだったりします。
　そして、偶然にも発売日が百合子の誕生日と同じ7月25日でしたので、こちらもとても感慨深いものがあります。

第7回日本ケータイ小説大賞でこの作品を受賞させて頂いたときのテーマは『夢』でした。

　3年経って、いまのわたしの夢はなんだろう、と考えると、やっぱり東北の復興と娘をきちんと育てること、という、単行本化して頂いたときのあとがきに行き着きます。

　4月に熊本地震が発生し、月並みな言葉しか浮かばないのが本当に申しわけないのですが、同じ被災地出身のわたしといたしましても、ひとごととは思えず心が痛み、一日も早い復興をお祈りするとともに、被災されたみなさまへ心よりお見舞い申し上げるほか、言葉が見つかりません。

　……どうかどうか、ご自愛なさってください。

　最後に、もう一度お礼をさせてください。

　飯野さま、編集長さま、文庫化のお話をくださり、本当にありがとうございました。単行本を担当してくださった松本さま、文庫を担当してくださった長井さま、携わってくださったすべてのみなさまに深くお礼申し上げます。

　サイトで読んでくださったみなさま、単行本をお手に取ってくださったみなさま、そして、こちらの百合子と稜を見守ってくださったあなたさま。またふたり書けて幸せでした、本当に本当にありがとうございました。

rila。

この物語はフィクションです。
実在の人物、団体等とは一切関係がありません。

rila。先生への
ファンレターのあて先

〒104-0031
東京都中央区京橋1-3-1
八重洲口大栄ビル7F

スターツ出版（株）書籍編集部 気付
rila。先生